白磁の薔薇

あさのあつこ

角川文庫
22534

目次

一　ユートピア　9
二　青のガラス　72
三　砕けた皿　101
四　カーテンコール　187
エピローグ　273
白兎という少年によせて　あさのあつこ　275
解説　池上冬樹　278

土砂降りだった。

この時季には稀《まれ》な激しい雨脚が、容赦なく地を叩《たた》く。夕暮れにはまだ、一時間も二時間も三時間も早いというのに、足元にはすでに、薄闇が纏《まと》いついていた。

濃鼠《こいねず》色の空の端で、稲妻が走る。

晩秋、いや、初冬の稲妻だ。

束の間の閃光《せんこう》に、連なる山々がくっきりと浮かび出る。束の間、一瞬、瞬き一度の間、稲魂《いなたま》に照らし出された山々は驚くほど鮮やかな色合いをしていた。

常緑樹の緑も残り紅葉《もみじ》の紅《くれない》も椈《ぶな》の枯葉の色も裸の枝々の雑色も、鮮やかに瑞々《みずみず》しく網膜に焼きついてくる。それは、陽光の中では決して目にできない丹青だった。

白兎《はくと》は岩の突端に立っていた。

岩は二年前の夏、山が小規模な地滑りを起こした際、先端を露《あら》わにした。その崩れの跡は今も、山肌に残っている。赤みを帯びた土がむき出しになり、赤ん坊のこぶしから大人の頭部大、さらに一回り大きな岩が投げ捨てられたように、あちこちに転がっている。

篠突《しのつ》く雨と稲光のせいだろうか。そこだけが、ひどく荒ぶれて見える。荒涼とした荒れ野がここから始まり、延々と続くかのようだ。実際には、数メートル下からは灌木《かんぼく》の茂みとなり、茂みは雑木の林へと繋《つな》がるのだが。

さらに下方には一車線ながら、舗装された道路がうねうねと延びている。

舗装道路の先に目を凝らす。薄闇と雨の簾《すだれ》に遮られ、何一つ見通せない。道路の一点に、車のライトだろう小さな明かりを見た気がした。幻影かもしれない。

激しい雨だ。

雨音が他の全ての音を遮断してしまう。どぅどぅと雄叫《おたけ》びのような雨音だ。

あれは、竜の吼《ほ》え声なの。

誰かが言った。山深く眠っていた竜が雨に呼応し吼えているのだと。そう言ったのは誰だっただろうか。

「白兎」

名前を呼ばれた気がした。目の奥がちりりと痛む。名を呼ばれる度に、身体のどこかが鈍く痛むのだ。

振り向いてみたけれど、誰もいない。誰もいないとわかっていた。

頬を雨が流れて行く。手の甲で拭《ぬぐ》い、ゆっくりと向き直る。

雨脚がさらに激しくなる。岩の上は浅瀬のようになっていた。足先は水に沈み、足首を水が洗う。そして、足裏に蠢動《しゅんどう》が伝わる。微《かす》かな、微かな震えだ。赤茶けた土の上を水だけでなく小石が流れ始めた。雨音にほぼ掻《か》き消されてしまってはいるが……聞こえる。

野獣の唸《うな》りに似た音が、凝らした耳に響いてくる。地鳴りだ。

来るか。

空を見上げる。

稲妻が輝く。小石が転がる。雨音と地鳴りが融《と》け合い山全体の咆哮《ほうこう》となる。

白兎は僅《わず》かに口を開け、流れ込む雨滴を受け止めた。

これほど激しい雨もいつかは止む。止むとはとうてい信じられないけれど、止むのだ。永遠に続くものなど何一つ、ない。

さあ、行こう。もう時間だ。行かねばならない。

視界の隅を稲光が金色に染めた。

それが合図だったかのように、一際猛々しく山が吼える。地表を突き破って、泥水が噴き出した。水と土は混ざり合い、斜面を滑り落ちて行く。大岩が傾《かし》いだ。足が滑る。身体が均衡を失う。確かに踏みしめていた岩の感触が消える。

「うわっ」

伸ばした指は空を摑《つか》んだだけだ。

白兎は雑木林に向かって真っすぐに落下していった。その身体が揺れ騒ぐ林に吞《の》み込まれる寸前、雷鳴が轟《とどろ》いた。後を追うように土砂が流れ、大岩がずるずると滑り始める。やがて地動を伴なって、斜面を転がり落ちていく。

雨音、地鳴り、雷鳴、そして、木々《たけ》のざわめき。

山と空と地は翌日の未明まで、猛り続けた。

一　ユートピア

眩《まぶ》しい。

窓を開けると同時に目を細めていた。

光が眩しい。

枝先に残った水滴一つ一つが朝の光を弾《はじ》き、煌《きら》めいている。本格的な冬が始まる直前の淋《さび》しげな風景が、今朝は、こんなにも光に溢《あふ》れている。

仙道千香子《せんどうちかこ》は、目を細めたまま深呼吸を二度、繰り返した。

春の匂いがすると思った。

田起こしの匂い、掘り起こされた土の匂い、だ。今の季節、漂うはずのない匂い、でもある。

昨日の雨によって土が穿《うが》たれたのだろうか。季節外れの土の香をもう一度、たっぷりと吸い込んでみる。それから、自分を少し嗤《わら》ってみる。

いつまで経っても、田舎者なんだから。

故郷は山間《やまあい》の小さな町だった。春には土の、夏には水の、秋には稲穂の匂いにすっぽりと包まれる。高校を卒業と同時にその町を出た。父母はすでに彼岸の人であり、たった一人の肉親だった祖母も千香子の卒業式を待たずに亡くなっていたから、故郷に留《とど》まる意味も想いもなかったのだ。鼻腔《びこう》の奥まで染みてくる土の匂いに送られて、故郷を後にした。

あれから二十年が経つ。一度も、帰郷していない。おそらく、一生帰らないだろう。父も母も祖母もいない。卒業した高校も既に廃校になったと聞く。思い出の他、何もない場所に帰ることはできなかった。さほど、帰りたいわけでもない。

なのに、土の香を嗅《か》ぐ。春の匂いだと思う。自転車のペダルを踏み、田畑を縫うように走った学生のころが、鮮やかに浮かんでくる。

人というのは、おかしなものだ。

「仙道さん」

声を掛けられた。大声ではないのに、きちんと耳に伝わって来る声だ。

「姫季《ひめき》さん。おはようございます」

背後に立っている老女に向かい、千香子は頭を下げた。足を引き、腰を屈《かが》め恭しく一礼をする。

老女がそれを望んでいるからだ。畏怖《いふ》と称賛を存分に滲《にじ》ませた恭しい態度を。

「おはよう」

老女は微かな笑みを浮かべ、鷹揚《おうよう》にうなずく。女王の臣下に対する姿勢だった。千香子も精一杯の笑顔を作る。作り笑いもずい分と上手《うま》くなった。

「今朝はとても、良いお天気ですよ。昨日の荒れが嘘みたいです」

「そうね」

老女が結いあげた髪に手をやる。見事な白髪だった。黒い毛は一本も交じらず、量も艶《つや》も申し分ない。すらりとした肢体も真っ直ぐに伸びた背筋も、念入りに化粧を施し、薄紫色の眼鏡を掛けた顔も今年八十五歳を迎えたとはとても見えない。余命を一年あまりと区切られた病人とも思えない。

老女、姫季凜子《りんこ》は千香子の親の世代なら、知らない者はいないとさえ言われた高名な女優だった。戦中、戦後からバブル期のあたりまで活躍し、百を超える映画、舞台に出演した。けれど、姫季凜子の名は女優としての輝かしいキャリアより、その奔放で華々しい男性遍歴とともに語られる方が遥《はる》かに多かった。

四度にわたる結婚と離婚、数え切れない恋愛とスキャンダル。放埒《ほうらつ》とも思える生き方と類稀《たぐいまれ》な美貌《びぼう》は羨望《せんぼう》の的とも非難の対象ともなり、事あるごとに世間を騒がせも楽しませもしたのだ。

四人目の夫だった映画監督が凜子との離婚直後、自死したのは凜子の四十歳の誕生日だった。かつて二人で暮らしていた豪壮な屋敷の一室で元夫が縊死《いし》したと知らせを受けたとき、凛子は四十回目の誕生日と百作目の主演映画の完成を祝うパーティに出席していた。主役としてスポットライトを浴びていたのだ。

「あら、そうなの。お気の毒に」

訃報《ふほう》に接し、凛子が発したのはその一言のみだった。その一言の後、シャンパンを飲み干し凛子は艶《あで》やかに微笑んだ。そして、

「良いことを教えてあげる。○月○日はね、誰かが亡くなった日じゃないの。わたしが生まれた日よ。覚えておきなさい」

と、言い捨てた、とか。

姫季凛子を彩る逸話の一つとして残っている。

真実なのか作り話なのか、千香子には窺《うかが》い知れない。真偽を知りたいとも思わない。三十八歳の千香子にとっては、姫季凛子は遥かに過去の人だった。名前ぐらいは辛うじて知っている程度だ。まして、二十一世紀の今、どのような華やかな過去を持とうと、語ろうと、八十五歳の元女優の昔話に耳目をそばだてる者など、ほとんどいないだろう。

「姫季さんて、昔、女優やってたって本当ですか？」

若い介護士の大島優太《おおしまゆうた》がそっと尋ねてきたことがある。凛子が入居して三日ほど経ってからだ。

「そうみたいだけど、ね。すごい有名な方だったらしいわ。わたしも、現役のころは存じ上げてないんだけれど」

「仙道さんも知らないのか。やっぱ、そーとう昔の人なんですね」

「ちょっと、優太くん、それどういう意味よ」

「いや、別に他意はないですけど」

「だから、どういう意味なの。ほんとに、失礼しちゃうなあ」

わざと、顔を顰《しか》めてみせる。優太は肩を竦《すく》め、ぺろりと舌を出した。そういうおどけた仕草をすると、二十四という実年齢より、かなり若く、あるいは幼く見える。

「姫季さんて、相当プライド高いみたいだから気をつけてね」

「取り扱い注意って、やつですね」

「また、そんな言い方をする。人は荷物じゃないの」

「わかってます、わかってます。ジョーダンですよ。仙道さん、ほんと真面目なんだから。一々、本気にとらないでください」

「そのジョーダンが人を傷つけることが、あるの。ここは、特別な場所なんだから」

諭す口調になっていた。優太がうなずく。目元も口元も引き締まり、ひどく生真面目な顔つきになる。

「特別な場所、ですよね」

生真面目な顔つきのまま、ちらりと千香子を見下ろす。

「いろんな意味で、ですけど」

千香子は顔を上げ、優太の若い視線を受け止めた。

いろんな意味で特別な場所、間違いなくそういう場所だ。

『ユートピア』。それが、特別な場所の名前だ。千香子と優太の職場でもある。

標高千五百メートルの麗峰、美汐《みしお》山の中腹に建つ白亜の四階建ては、遠目には瀟洒《しょうしゃ》なホテルとも映るかもしれない。しかし、蔓薔薇《つるばら》の絡まる門をくぐり、手入れの行き届いた庭を横切り、広く清潔なエントランスに立つと、どれほど鈍感な者も、ここがホテルなどではないと気が付く。

静かなのだ。

凍《い》てついたような静寂に包まれている。不特定多数の人々が行き交う賑《にぎ》やかさや、賑わいが作り出す生き生きとした空気は微塵《みじん》も感じられない。

密《ひそ》やかで、清潔で、美しく整えられた場所。『ユートピア』は死を間近にした人々が最高の治療と最高の看護の下に、苦痛を緩和し不安を取り除き、穏やかで満ち足りた余生を送る場所。一般的にホスピスと呼ばれる場所、だった。さらに言えば、穏やかで満ち足りた死を迎えるためにあらゆる手立てが講じられる場所でもあった。

専属の医師が常駐しているのはもちろん、麓《ふもと》の市にある総合病院と提携し、必要に応じて専門医が派遣されることとなっていた。

入居者は六人までと限られ、夜間を除き、一人一人に専用の看護師と介護士がつく。調理、清掃、経理、事務、どの分野も一流のスタッフが務めるだけでなく、入居者の要請があれば弁護士や聖職者も呼び寄せられた。

図書室、談話室、食堂、トイレ、温水プール、茶室、東屋《あずまや》、エステルーム、瞑想《めいそう》室、山麓《さんろく》の美汐町から運び込む温泉を使っての大浴場……これ以上ないほど充実した施設があり、どれも豪華でありながら上品な雰囲気を醸し出している。今、千香子のいる部屋は談話室と図書室に挟まれたやや手狭なスペースだった。調度品も壁や天井も薄い茶と緑色に統一された室内は、落ち着いた柔らかな空気に満ちている。訪問者があった場合、入居者が望めばここで面会ができるようになっていた。

入居者の部屋は全て個室で、一流ホテルのスイート仕様だった。独り用と夫婦二人用でやや広さに違いがある。どちらにもリビングに洋間と日本間がつき、広い窓からは遥か下方の町や遠く霞《かす》む山々が見渡せた。

贅《ぜい》を尽くした室内も自然の風景も堪能《たんのう》できるここ、『ユートピア』に入居するためには、一人、一億をゆうに超える金が必要となる。

まさに、特別な人たちのための特別な理想郷なのだ。

「死んじゃったら終わりって言いますけど、死ぬぎりぎりまで金持ってるやつが勝ちなんですよね、やっぱ」

「優太くん、しっ」

千香子は少し慌てて、優太の軽口を遮った。言いたいことはわかる。『ユートピア』にいると、死でさえ平等ではないのだと思い知らされるのだ。いや、人とは死ぬ一瞬前まで、不平等の内に生きねばならないものだと悟らされる。入居者たちは全て、余命一年から二年と宣告された病人だった。そして、残りの月日を最高の環境の中で過ごせる人々でもあった。

死は平等に訪れる。けれど、生はあまりに偏頗《へんぱ》ではないか。

わかっている。わかった上で、優太を窘《たしな》める。今の科白《せりふ》を誰かに聞かれたら、優太が酷《ひど》く叱責《しっせき》されるのは明らかだ。所有している財産の多寡によって、死までの生をランク付けする。それこそが『ユートピア』の、決して表には出さない謳《うた》い文句であったのだ。

あなたは特別な人。だから、特別な場所で特別な残り時間を過ごせるのです。

「特別」を「最高」、あるいは「選ばれた」と言い換えてもいいかもしれない。人格とも生き方とも関係ない。一億円の入居料を払えれば、特別な人となれる。それはやはり、人の心をくすぐるものなのだろうか。

考えても詮無《せんな》いことだから、考えない。考えても詮無いことは、考えない。できれば忘れてしまう。千香子はそうやって生きてきた。その生き方を優太に押し付けるつもりはないが、忠告はしておきたい。優太はまだ、見習い期間を終えていない。正式な職員として雇用されるのは来年以降になる見込みだ。不安定な立場にいるからこそ、不用意な一言や態度は慎んでほしい。本気で願う。気を揉《も》みもする。優太の軽率さが腹立たしいし、可愛い。

千香子は一回り以上年下のこの青年が好きだった。弟のように、好きだった。

「優太くん、だめよ、そんなこと口に出しちゃ」

「わかってますよ。思ってるだけです」

「さっき、口にしたじゃない」

「仙道さんしかいないから、口にしたんです。他の誰かだったら、絶対、言いませんて。それくらいの分別、ありますから」

「ほんとに？　気をつけてよ」

「はいはい。それで、姫季さんて、どんな映画に出てたんですか」

「さぁ、よく知らないわ。シリーズ物が何本もあるって聞いたけど」

「じゃあ、調べときましょうか。おれ、姫季さんの担当になるんだし、知ってた方がいいですよね」

「そうね。よく気が回るじゃない」

「仙道さんに鍛えられましたから。少しはおれなりにセイチョーしないと情けないでしょ」

「あら、殊勝なこと言うじゃない。感心、感心。でも、あまりプライバシーに踏み込んじゃだめよ」

「わかってます、わかってます。ネットでちょいちょいと知りたい情報だけ拾えばいいんだから、任しといてください」

優太が幼い笑顔を向けた。

その言葉通り、優太は女優、姫季凛子について詳しく調べたらしい。千香子のために、印刷した資料を手渡してくれたりもした。何気ない気配りができる若者なのだ。

おかげで、凛子についての知識はかなり豊富になったと思う。この矍鑠《かくしゃく》とした老女が路地の娼婦《しょうふ》から処女を貫いた聖女まで、完璧《かんぺき》に演じ分けられる希有《けう》の俳優であったことも、五十の年を境にぷつりと表舞台から姿を消したことも、英国人であり、資産家でもあった三番目の夫から莫大《ばくだい》な遺産を相続したことも、優太の揃えてくれた資料から知った。

こんな人生を送った人もいるんだ。

同じ女、同じ国に生まれながら、自分とは何という違いだろう。用紙三枚にびっしり印刷された凜子のドラマチックな半生に目を通しながら、千香子は何度もため息を漏らしていた。羨《うらや》ましいとか、憧《あこが》れるとか、そういう感情ではない。ただ、呆《あき》れてしまうのだ。こんな生き方があったなんて想像もしなかった。今も想像できない。リアルな人生だとはどうしても信じられないのだ。それこそ、映画みたいだ。

「ほんとに、良いお天気ね」

凜子が顎《あご》を上げ、姿勢を整える。それだけで、背丈がすっと伸びたように見えた。白髪が光を受けて、煌《きら》めく。

「とても、気持ちの良い一日になりそうだわ」

「はい。ほんとに……」

気圧《けお》されそうだ。

この人の前だと、なぜか萎縮《いしゆく》してしまう。

だめだ、だめだ。わたしは『ユートピア』の看護師長《チーフ》だ。冷静に堂々と対応しなければ。

優柔不断や妙にへりくだった態度が、かえって患者の不安や危惧《きぐ》を掻《か》きたてる。

今までの経験から十分に理解していた。

尊大ではなく堂々と、冷淡ではなく冷静に接していく。

あぁ、仙道さんがいれば何も心配ない。仙道さんに任せていればいいのだ。

そう信じてもらえてこそ、一流の看護師と言える。

千香子は水色の制服の胸を僅《わず》かにそらした。

「姫季さん、昨夜《ゆうべ》はよくお休みになれましたか」

尋ねてみる。凜子はこの数日、不眠を訴えていた。昨夜は雨と風の他に雷まで鳴っていた。千香子でさえ、その音に妨げられ、明け方近くまで眠れなかったほどだ。しかし、凜子は、

「ええ、ぐっすりと寝込んでいたわ。おかげで、今朝はとても気持ちがいいの」

そう答えたのだ。濁りのない声だった。

声音も老いる。年を経れば、色素の薄くなる髪や深く刻まれる皺《しわ》と同様に老いるのだ。透明感を失い、くすんで重くなる。

凜子の声にはそれがなかった。かといって、十代の娘たちのような開けっ広げな野放図さもない。

しっとりと端正でいながら、瑞々《みずみず》しいとさえ感じさせる。どんな風に訓練や心遣いをすれば、こんな声を保てるのだろう。

「仙道さん、あなたはどうなの」

「は？」

「昨夜、ゆっくり眠られて？」

「あ、はい……いえ、少し寝付きが悪くて。ちょっとした嵐みたいな夜でしたから」

「わたし、嵐の夜が大好きなの」

凛子が肩をすぼめ、くすくすと笑う。とたん、童女の顔になる。無垢《むく》な童女が嬉《うれ》しげに笑っている。

「だって、わくわくするんですもの。仙道さんは、そんなことないのかしらね」

「わたしですか……そうですねえ。昔はちょっと楽しかったかもしれません。別世界にいるような気がして……」

「今は？」

「今ですか。今は、さほど何も感じないですね。むしろ、怖いと言うか、厄介だなと感じてしまいます。嵐の後って、片付けがたいへんですものね。今日も、お庭はけっこう荒れてるんじゃないでしょうか」

「そうねえ」

凛子が横を向く。庭の片付けなど一分の関心も興味もない。そんな、横顔だった。

「姫季さん、食堂の方にまいりましょうか。美味《おい》しいコーヒーをお淹《い》れします」

「あら、仙道さんが淹れてくださるの？」

「はい。こう見えて、わたしコーヒーを淹れるの上手《うま》いんですよ」

凛子に向かって手を差し出す。

「さっ、まいりましょう」

「仙道さん」

「はい？」

「あなたはなぜ、ここにいるの」

「えっ？」

ふいの一撃を打ち込まれた。そんな感覚がした。

アナタハ　ナゼ　ココニイルノ
ナゼ　ココニイルノ
差し出した手を空に浮かせたまま、千香子は老女を凝視する。薄紫のレンズの奥で形の良い目が笑んでいる。

「あら、わたし、変なことを言ったかしら」

「え、いや……でも、なぜここにいるかって、尋ねられたら……その、仕事場ですからと答えるしかなくて……」

千香子のしどろもどろの受け答えを凜子の笑い声が遮る。

「仙道さん、わたしはそんなことを尋ねてはいませんよ。あなたが看護師長として働いていることぐらい、わかっていますからね」

「あ……では、どういう意味で……」

「あなた、ここにお住まいでしょ。この施設の中に自分の部屋を持っていますよね」

「はぁ。そうですけど」

一階の奥、非常口近くに千香子は専用の部屋を与えられていた。凜子たち、入居者の部屋とは比べようもないが、清潔で明るい1DKの部屋に千香子は満足していた。玩具《おもちゃ》のような湯船だけれど風呂《ふろ》もついている。簡単な煮炊きができる場所も、備え付けのベッドもあった。むろん、トイレもだ。

十分だった。十分、過ぎる。

「どうして、そんなことをするのかしらって、わたし不思議でしょうがなかったの。だって、職場が自宅なんて最悪じゃなくて？　公私の区別がつかないでしょ。他のスタッフは誰も麓《ふもと》の町から通っていらっしゃるのよね」

「そうですね。夜勤のときはもちろん泊り込みますけれど」

「あなたのような完全な住み込みの方は、いない」

「ええ、いませんね」

凜子が首を傾げる。自然な、しかし、計算され尽くした仕草だ。

「どうして、あなただけが？」

「気になるのですか」

「とても」

「意外ですね」

襟元に巻いたスカーフを直し、凜子は首を真っ直ぐに伸ばした。

「意外？　どういう意味かしら」

「姫季さんが、わたしのことをそんなに気に掛けていてくださったなんて思ってもいませんでした。わたしが、どこに住もうとまるで関心ないのだとばかり、思っていたので」

「あら、仙道さん、怒っちゃったの」

凜子の口調が唐突に砕けた。はすっぱにさえ聞こえる。

「だとしたら、ごめんなさい。わたしね、とても好奇心が強いの。子どものときからよ。何にでもってわけじゃないの。でも、一度、心に引っかかっちゃうと、もうだめ。どうしてだろう、どうなってるんだろうって、気になって気になって、どうにも落ち着かないのよ。これってやっぱり悪癖なのかしら」

「わたしが気になったとおっしゃるのですか」

「そう、気になったの。あなたのような若くて綺麗《きれい》な女の子が、どうして一人、こんなところに住んでるんだろうって」

苦笑してしまった。

若くも美しくもないのは、千香子自身が一番、よくわかっている。このごろ、白髪を見つけることが多くなった。目尻《めじり》に浅い皺も現れた。確実に老いている。化粧もせず、装うこともしないから、実年齢よりかなり老けているかもしれない。

もう三十も半ばを越えた。

若くはない。

「綺麗よ」

凜子が言った。

今日の空の、あるいは、煌《きら》めく風景のことだと思った。けれど、凜子の視線は窓の外ではなく、千香子に向けられている。

「あなたは綺麗よ。いえ、綺麗になれる人ね。わたしが言うんだから間違いないわ」

「それは、どうも」

からかわれている。

とっさにそう感じた。腹は立てない。怒りや苛立《いらだ》ちを抑え込むこつは、長い看護師生活の中で身につけてきた。患者たちの我儘《わがまま》や気まぐれや傲慢《ごうまん》な物言い、皮肉、嘲弄《ちょうろう》にいちいち反応していたら、この仕事はやっていけないのだ。まして、『ユートピア』の入居者六人は誰も、余命を区切られた病人たちだ。自分たちがそう長くは生きられないと知った人たちでもある。

全てを受け入れればいい。

容易《たやす》くはないけれど、至難でもなかった。

「きみを一目見た瞬間に、あっと思ったよ。こういう人を探していたんだ、とね。ぼくの目に狂いはなかったようだ。看護のプロとしての仙道千香子を信頼して、仕事を任せたい」

長年勤めた総合病院を辞し、『ユートピア』の採用試験（ホテルの特別室を借りきっての面接だった）に合格したとき、オーナーの中条秀樹《なかじょうひでき》はそう称《たた》えてくれた。自分自身が末期の癌を患っていて、終《つい》の住処《すみか》としての理想郷を作りたかったのだとも打ち明けてくれた。

その言葉だけに揺さぶられたわけではない。実業家として成功し富を手に入れながら家族を持てなかった、あるいは持とうとしなかった、あるいは失ってしまった男が同じ境遇の富者を集め、金にあかした楽園を作ろうとしたに過ぎない。

ここにも我儘と気まぐれと傲慢がある。

そんな冷めた思いも胸の内にしこってはいた。けれど、中条が千香子の力量を認めてくれたのは事実だし、率直な賛辞が心地よく染みたのも事実だ。何より、破格の就労条件に惹《ひ》かれた。給料の額はそれまで受けていたものの約二倍。住居の保証もある。都会の喧騒《けんそう》から離れた職場環境も魅力的だった。他のもろもろの点も含め、『ユートピア』は、理想的な職場の条件を幾つも具《そな》えていた。

少なくとも、千香子にとっては。

「かわいそうに」

凜子がため息をついた。いかにもせつないといった響きがある。かわいそうが自分への憐憫《れんびん》だと悟るのに、少し時間がかかった。

「あなたって、ほんとにかわいそうな方ね」

「わたしが、ですか？」

「あなたが、よ」

「どうして、わたしがかわいそうなんです」

「わからない？」

「わからないです」

若くも美しくもないからかと言いかけた口をつぐむ。凜子が薄く微笑んでいたのだ。

憐《あわ》れみの眼差《まなざ》しと笑みがこんなにも清々と澄んでいるものだなんて、知らなかった。それとも、憐れまれたのではなく、慈しまれたのだろうか。

戸惑ってしまう。

「自分がどれほど綺麗なのか、自分の美質に少しも気づいていないなんて、かわいそう。そうでしょ？　仙道さん、あなた、何も気づかないまま老いていくつもりなの。もしそうなら、随分、つまらない一生だわねえ」

ナニモ　キヅカナイママ　オイテイク　ツモリナノ。

ズイブン　ツマラナイ　イッショウ　ダワネエ。

辛辣《しんらつ》な一言、一言だ。無礼でも不遜《ふそん》でもある。

姫季さん、あなたがどんな生き方をしてこようと、他人の人生に泥足で踏み込むような真似は赦《ゆる》されないでしょう。

反発の念はしかし、すぐに萎《な》えて縮んでいった。相手は余命のない病人だ。看護師が患者に憤るわけにはいかない。プロの自覚が自分自身を宥《なだ》める。そして同時に、凜子の眼差しに照射された情動がへなへなと萎縮《いしゅく》するのも感じていた。

「かわいそうな人」

言い残して、凜子が背を向ける。

数歩遅れて、千香子は後を追う。

薄茶と緑色の部屋を出ると、広く明るい廊下が続いていた。その先に食堂がある。

「おう、姫季さん、おはようございます」

上背のある老人が立ちあがり、凜子を迎えた。上質なジャケットに臙脂《えんじ》のアスコットタイ。正装ではないが、砕け過ぎてもいない。一分の隙もない身支度だった。

水原隆文《みずはらたかふみ》、その名前は、廃業寸前だった実家の老舗《しにせ》旅館を僅《わず》か数年で、国内有数の人気を誇るリゾートホテルに変貌《へんぼう》させた辣腕《らつわん》の経営者としても広く知られてはいるが、六十代で早い引退をした後、気ままに世界を回った旅エッセイで一躍時の人になった文筆家、としての方がより有名かもしれない。まだ七十代後半だが、膵臓《すいぞう》に悪性腫瘍《しゅよう》が見つかったとき、手術を含む一切の治療を拒んで『ユートピア』に入居してきた。

凜子が鷹揚《おうよう》にうなずく。

「おはよう」

「ご気分はいかがですかな、女王陛下」

「とても、良いですわ。今朝の空のようにすっきり晴れ渡っておりますねえ」

「それは、よかった。では、少し話し相手になっていただけるでしょうかな。できれば、朝食をご一緒に。いかがです？」

「よろしゅうございますとも、と、お返事したいのですけれど、朝食は一人でいただきますわ。わたし、ずっと、そうでしたの。朝食だけは誰ともご一緒しませんのよ。新婚のときでさえ、一人で食べておりましたからね。ふふ、わたしの習慣などとっくにご承知のくせに誘ってくるなんて、悪戯《いたずら》な方ね」

「悪戯ではなく、もしやという期待です。もしや、習慣を曲げて相手をしてくださるかと淡い期待を抱いておりましたが、見事に撃沈されました。残念だ。しかたありません、すごすごと退散することにしましょう。あぁでも、食後のコーヒーぐらいなら……だめでしょうか」

水原の語尾が細まり、懇願の調子さえ混ざる。凜子は艶《あで》やかな笑みを返した。

「ほほ、水原さん、わたし、あなたのそういう紳士的で可愛らしいところ、大好きですよ。もちろん、ご一緒いたしましょ。あなたの冒険譚《たん》も伺いたいし」

水原の頰がそれとわかるほど上気した。

「冒険譚などと、とんでもない。しかし、姫季さんに聞いていただけるならこれほど嬉《うれ》しいことはありませんな。ただ、あなたに大好きと言われたことで、舞い上がっておりますからな、上手《うま》くおしゃべりができるかどうか。拙《つたな》いところは、老人の戯言《ざれごと》と聞き流してくださいよ。では」

水原は恭しく一礼すると、窓際の席に退いた。凜子も指定の席に歩み寄る。スタッフの伊上明菜《いがみあきな》が椅子を引く。引きながら千香子に目礼をした。千香子もうなずき返す。

明菜の口元が緩んでいるのは、老人二人の会話があまりに芝居じみていたからだろう。千香子だって、おかしい。まるで、古い映画の一こまのようだと思う。

ただ、水原には芝居を演じている意識はまるでないだろう。凛子の言葉や仕草に、本気で一喜一憂している。

水原は姫季凛子の熱烈な信奉者だった。

「十五のとき『散るや桜の』を観てから、すっかり姫季凛子の虜《とりこ》になってしまってねえ。この世にこんな綺麗《きれい》な人がいるのかって信じられない思いがしたよ。その憧《あこが》れの女性とまさか、ここで出会えるなんてねえ。いやぁ、人生、最期の最期まで花が咲くもんだ」

そんな科白《せりふ》を口にするとき、水原は蕩《とろ》けるような笑顔になっていた。完治不能な病を抱えたことさえ幸運だった。そう言わんばかりの口ぶりでもあった。

凛子自身は、自分に心酔している男の存在をそれなりに楽しんでいるようだ。馴《な》れ馴れしくもなく冷たくもなく、適当にあしらっている印象がある。

男というのは振り回すものであって、振り回されるものではありません。

凛子が雑誌のインタビューで語ったという言葉を、優太の集めてくれた資料の中で読んだ。

わたしはずっと、振り回されてきたな。

知らず知らず、目を伏せていた。

千香子はずっと、男に振り回されてきた。恋は何度もしたけれども一度として実らず、どの男も結局は千香子から去って行った。千香子の預金全額を持ち逃げした男も、酔えば暴力をふるう癖のある男も、甘えることしかできない男もいた。つまらない屑《くず》のような男ばかりだったと思い、そういう男しか愛せなかったのは自分だと思い至る。さらに、愛したのではない。愛した振りをしていただけだと思い直す。

「おまえ、つくづく冷てぇ女だよな。氷の塊でも呑《の》み込んだんじゃねえのか」

去り際に言い捨てた男がいた。言い捨ててマンションのドアを閉め、二度と帰ってこなかった。

おまえは冷え冷えと凍《い》てついている。

男に未練はなかったが、男の捨て科白はいつまでも心に残った。その科白を残り香のように嗅《か》ぎ、反芻《はんすう》しているうちに気がついたのだ。ただの一度も、本気で他人を愛したことがなかった、と。自分の奥底に冷え冷えと凍てついた核がある。男たちはその冷たさに身を竦《すく》めて、逃げて行ったのかもしれない。

男など愛せない。

「千香子、男など好きになってはいかんぞ。男など好きになっても、ええことは一つもないで。好きになってはいかん。信じてもいかん。赦しちゃいかん。覚えとけ。よう、覚えとけや」

祖母の遺言だった。

おばあちゃん、おばあちゃんの言うた通りやった。男とどれほど睦《むつ》み合《お》うても、ええことなど、何一つ、ないで。

母は父に殺された。

父が母を殺した。

母に男がいたことが、その男と一緒になるために家を出ようとしたことが、直接の原因だった。

出て行くなど許さんぞ。

あんたに許されんでも出て行く。もう、あんたにはうんざりじゃ。顔も見とうない。

あの男のところに行くつもりか。

そうじゃ。あんたの何倍もましな男じゃ。

うつけ者《もん》が。流れ者の行商人に騙《だま》されおって。どれだけの金を貢いだんじゃ。それでも、まだ、目が覚めんのかい。

金など何も惜しゅうない。あんたのその悋気《りんき》が嫌じゃ。虫唾《むしず》が走るほど嫌じゃ。

出て行くな。

出て行く。

どうしても出て行くと言うんなら、殺すぞ。

おおよ、殺せるものなら殺してみいや。あんたのような意気地無しに人が殺せるんか。そんな、大それたことができようかい。

言うか、己はそこまで言うか。

口論がはたりと止み、短い静寂の後、母の絶叫が響いた。

父は母の額を鉈《なた》で打ち割った。

祖母が部屋に駆け込んだとき、母は仰向《あおむ》けに床に転がり、その傍らに父が跪《ひざまず》いていた……そうだ。

千香子は知らない。何も見なかったし、聞かなかった。

あの日は遠足だった。良い天気だった。バスで隣県にある植物園に行った。母の作った弁当を食べた。植え込みの蔭《かげ》で友人たちとおしゃべりをして過ごした。夕方、学校に帰るなり教頭が走って来た。担任の教師に二言三言、囁《ささや》く。担任は奇妙な眼つきで千香子を見た。とても奇妙な、どう奇妙なのか言葉にできないほど奇妙な眼つきだった。すぐ目の前にいる千香子を捜しあぐねるように黒目が彷徨《さまよ》う。教頭先生が千香子の腕を摑《つか》んだ。「痛い」。堪《たま》らず叫んだほど強く、摑んだ。

「千香子、早《はよ》う家に帰れ」

担任が言った。

わけがわからなかった。

恐怖はあった。

何かたいへんなことが起こったのだ。それは、恐ろしい、とても恐ろしい何かが起こった。

身体中の筋肉がきゅうきゅうと硬く縮まってくる。車で送ると言う担任を振り切って、千香子は走った。通いなれた道をひたすら、家まで走った。

家の前にパトカーが止まっていた。

祖母が呆《ほう》けたように玄関先に佇《たたず》んでいた。

大勢の人たちが家を遠巻きにして眺めていた。

見物人の内の幾人かが、千香子を指さし、囁いた。

ほら、あの家の娘《こ》じゃよ。

まぁ、かわいそうに。まだ、何も知らんとじゃろうか。

知らんに決まっとる。

かわいそうにな。

かわいそうにな。

千香子が顔を向けると、囁きはぴたりと止み、視線はあらぬ方向に逸《そ》れていった。

足が震える。震える足を踏みしめ、踏みしめ、家に近づく。

「おばあちゃん」

祖母を呼ぶ。振り向いた祖母の前掛けが赤黒く汚れていた。母の血だった。千香子はその汚れを見詰め、祖母を見詰め、祖母の後ろに広がる木々の梢《こずえ》を見詰めた。

父は既に連行されていた。

母も運び去られていた。

祖母だけが、佇んでいた。

激情にかられ妻を打ち殺した父は懲役十五年の刑を言い渡された後、獄中で病死した。「佳美《よしみ》、佳美」と最期まで呼び続けていたと、人伝《ひとづて》に聞いた。

佳美は母の名だった。

母が家族を捨てても一緒になると決めた男は、事件の翌日、町から消えていた。もともと車に雑貨を積んで、町々を売り歩く行商人だったのだ。鼻梁《びりょう》の高い、眉毛《まゆげ》の濃い、見た目の良い男だったそうだ。母の他にも何人か、町の女を口説いていた。

男を信じてはいけない。愛してはいけない。赦《ゆる》してもいけない。全て、父と母の惨劇に繋《つな》がっている。

祖母と千香子は、事件の後も父が獄中で死んだ後も町に残り、暮らし続けた。

「誰が出て行くものか。うちらは、何も悪いことはしとらん」

呪文《じゅもん》のように呟《つぶや》きながら祖母は生き、千香子が十七の誕生日を迎えるのを待っていたかのように倒れ、息を引き取った。意地だけが支えていた身体がついにくずおれたのだ。

男を信じてはいけない。愛してはいけない。赦してもいけない。

冷え冷えと凍てついたものが、今も千香子の核にはある。

この人にとって、男ってなんなのかしら。

優雅な手つきで果物を口に運ぶ凜子を、背後から眺める。

祖母は七十五歳で亡くなった。今の凜子より、ずっと若かった。けれど、ずっと老いていた。凜子はまだ瑞々《みずみず》しい色香を残している。祖母は枯れ切って、折れた。

男は振り回すものだと言いきった凜子と男など信じてはならんと言い残した祖母との間には、対岸が霞《かす》むほどの隔たりがあるのだろうか。それとも、またぎ越せるほどの幅でしかないのだろうか。

凜子の手が止まった。

背中が俄《にわ》かに緊張する。腰が僅《わず》かに浮いた。

「……はくと」

囁きを漏らす。

「え？　姫季さん、何かおっしゃいましたか？」

凜子の顔を覗《のぞ》き込んで、千香子は目を瞠《みは》った。叫びをあげそうになる。それを辛うじて抑え込み、

「だいじょうぶですか？」

語尾が震えないよう問いかけてみる。凜子が半ば口を開き、定まらない視線を空に泳がせていたのだ。目元にも口元にも額にも深い皺《しわ》が刻まれ、輪郭がゆるゆると崩れかけている。老婆と呼ぶに相応《ふさわ》しい面容だった。

「姫季さん、姫季さん」

「え……」

凜子の眸《ひとみ》が動き、千香子に視線が向けられる。とたん、表情が引き締まった。老醜ではなく、年を経たからこその奥深い美が現れる。

「姫季さん、だいじょうぶですか？　どこか、おかげんでも悪いんですか？」

「わたしが？　いいえ、何ともありませんよ」

千香子は凜子の手首に指を添え、脈を測った。

やや速いが、正常範囲内だ。

「何ともなければよろしいけれど。後で血圧を測りましょうか」

「仙道さんの気が済むなら、どうぞ、お好きなように」

凜子がフォークを林檎《りんご》の一切れに突き立てた。

「姫季さん、はくとって誰かの名前なんですか」

カタッ。林檎に突き立てたままフォークが落ちる。明菜がすぐに新しいフォークを運んできた。

「はくと。わたし、そんなことを言ったかしら」

「はい。そんな風に聞こえたのですが。でも、あの……すみません。出過ぎたことを言ってしまって。申し訳なかったです」

出過ぎたことを言ってしまった。治療にも看護にも関係ない問いかけを無自覚に発してしまった。凛子のプライバシーに軽々しく踏み込んでしまった。看護師としてはかなり減点ものの行為だ。失格に近い。

「白い兎」

凛子の指が空に文字をなぞる。

「白い兎と書くの。それで、はくと」

「白い兎。それは誰かの名前なんですか？　それとも、地名かなにかでしょうか」

はくと。無意識に呟いていた。柔らかく心地よい響きだ。その響きに誘《いざな》われて、千香子はまた余計な言問いをしてしまった。

地名ではないだろう。これは、人の名だ。

と、確信しながら。

誰かの名前なんですか。誰の名前なんですか。

執拗《しつよう》に尋ねたい。

凜子の眸がちかりと瞬き、口元が緩む。

「今朝はずいぶん、好奇心が旺盛《おうせい》なのね、仙道さん」

「あ……すみません。つい……あの、何て言うか、とても……」

「とても気になった？」

一瞬、息が詰まった。凜子は童女めいた悪戯《いたずら》っぽい笑みを浮かべたままだ。童女のようであるのに、何もかも見透かしているようでもある。

「はい。気になりました」

素直に肯《うべな》った。凜子にはごまかしは通じない。そう感じたのだ。

「珍しいわよね」

「はい？」

「仙道さんが何かに興味をもつの、珍しいでしょ。今まで一度もなかったように思うけれど。もっとも、あなたとのお付き合いは、いたって短いですけどね。でも、これでも人を見る目はあるのよ」

「そうですね。おっしゃる通り、わたし……あまりあちこちに関心をもつ性質《たち》ではないかもしれません」

「だけど、白兎という名前は気に掛かった」

「はい。どうしてでしょうか。自分でも不思議です」

「縁《えにし》があるのかもしれないわ」

「えにし、ですか」

「そうよ。あなたは白兎とどこかで縁があるのかもしれない。そういう子なのよ。どこかで誰かと繋がっている。思いがけない……不思議な縁を無数に持っている子なの」

「子ということは……子どもなんですか」

「息子なの」

えっと、驚きの声をあげたつもりだったが舌が強張《こわば》って、ほとんど声音にはならなかった。

息を呑《の》み込み、吐き出す。それだけのことで、平静な心が少しだけ返って来る。

「息子なのよ。わたしのたった一人の息子」

「息子さんがいらっしゃったんですか」

姫季凜子は四度の結婚はしたけれど、どの相手との間にも子はできなかった。もしくは、どの相手とも子を作らなかった。

優太の資料によると、そうだったはずだ。資料云々《うんぬん》というより、凜子が子どもの話題を口にしたことは一度もないし、母親としての面をちらりと覗かせたこともない。

だから、意外だった。束の間、絶句するほど意外だった。しかし、胸の内のざわめきが鎮まれば、先刻からの己の振る舞いに赤面してしまう。興味本位で問い質《ただ》しているととられてもしかたない軽率さだった。ただ、白兎という名前を耳にしたとき、ひどく心が騒いだのだ。

何かを思い出しそうで、何かがよみがえってきそうで、そして大切な何かをずっと忘れていたようで、心が騒ぐ。上手《うま》く言葉にできない想いが風になり体内を巡る。

青くさい中学生みたいじゃないの。いったい、幾つのつもりなの。

しっかりしなさいよと自分を叱る。

おまえは、何も知らない中学生じゃない。プロの看護師なのよ。

「逢《あ》えるような気がするわ。さっき、ふっと感じたの。すぐ近くにあの子がいるって」

「息子さんが、逢いに来られるってことですか」

「逢いに来るかどうかはわからないわ。でも、近くにいるのは確かよ。いえ……たぶん、来るでしょ。わたしに逢いに、ね」

「姫季さん、あの……」

もしかしたら、白兎という息子を凜子は既に失っているのかもしれない。失って久しいのかもしれない。

死期が近づくと、人はときに、遠い昔に逝ってしまった者たちを見、声を聞くことがある。それを幻影だ、幻聴だと片づけるのは容易《たやす》いけれど、現実と幻の境界を淡々と融《と》かしてしまうのが死なのだと知れば、嗤《わら》うことなどできない。死に行く者にとっては此岸《しがん》も彼岸も同等に存在する、のだと知れば。

けれど、凜子にはまだ早過ぎる。凜子は確かに完治不能の病を患ってはいるけれど、まだ急激に病状が悪化する段階ではない。後一年、運が良ければ二年は生き延びられる。

千香子は凜子の傍らにしゃがみこみ、膝《ひざ》の上に手を置いた。

「姫季さん、何か気に病むこととかありますか。嫌なこととか、怖いこととか。もしあるなら、どんな些細《ささい》なことでも遠慮しないでおっしゃってくださいね」

だいじょうぶですよ。あなたは独りではありません。

あなたの傍らには、わたしがいます。

伝える。独りで終局と向かい合わなくていいのだと伝え続ける。それで、肉体が快癒するわけではないが、心は救われる。人は脆《もろ》いのだ。独りで生まれてくるくせに、独りでは死と対峙《たいじ》できない。

くすっ。

凜子が横を向いて噴き出した。肩と背中を震わせて笑う。可笑《おか》しくて、可笑しくて堪《たま》らないという笑い方だった。

「何が、そんなに可笑しいんですか」

まさか笑われるとは想像もしていなかった。

さすがに怒りが押し寄せてくる。

「だって、仙道さんたら、頓珍漢《とんちんかん》な誤解をしているんですもの」

「誤解？ わたしがですか？」

「そうよ。あなた、わたしに同情したでしょ。この人は死に怯《おび》えたかわいそうな年寄りだって。だから、支えてあげなくちゃって思ったのよね」

ずばり、まさにその通りだった。

「見上げた看護師魂だわね。でも、わたしには、そんなもの必要ないのよ。今も、これから先もね」

千香子は立ち上がり、身体の横で指を握りしめた。凜子の口調は穏やかだったけれど、断固とした拒否を滲《にじ》ませていた。

わたしには、あなたなど必要ないの。

指をさらに強く握りしめる。

胸の奥底が重くなる。粘度のある熱い感情が背骨を這《は》い上って来る。

殺意？

吐き気を催すほどのこのどろりと粘りつく感情は……殺意？ わたしは姫季さんを

殺したいほど憎んだ？　まさか？　でも、一瞬、ほんの一瞬、わたしを支配したあれは、殺意ではなかったのか……。

「仙道さん！」

慌ただしい足音と共に、看護スタッフの一人、島村由美《しまむらゆみ》が飛び込んで来た。昨夜、千香子と一緒に夜勤をこなした看護師だ。千香子より五歳、若いが、高齢者医療の現場で十年以上勤務した経験を持っていた。やや繊細さに欠けるきらいはあるが、有能で信頼できる人材だった。

日勤との交代は午前八時だから、まだ少し時間がある。

ユニフォーム姿の由美は足を止め、探るように視線を巡らせた。小太りの丸い顔がいつになく引き締まり、額に汗が滲んでいる。

なにか緊急のことがあったらしい。

今『ユートピア』には、重篤な患者はいない。六人の内、二人はベッドから起き上がれない状態だが、すぐに容体が悪化する懸念はなかった。万が一、病状が急変したとしても、由美ほどのベテランが慌てふためくわけがない。

千香子はさりげなく凜子の傍らを離れた。由美に歩み寄る。

「どうしたの？　何か、あった？」

「看護師長、今、市役所の防災課から連絡があって」

由美はそこで息を一つ、吐き出した。

「土砂崩れがあったそうです」

「土砂崩れ？　どこで？」

「一ヵ所は野枝曲《のえま》がりのあたりだそうで、もう一ヵ所は、羊鞍《ひつじくら》の方向でここから二キロほど下ったあたりのようです。詳しいことはまだ、市役所の方も把握できていないらしくて、状況がはっきりしないんですけど。道が埋まって、通行不能になっているのは確からしいですけど、ほんとに詳しいことはまだ何もわからなくて」

由美は自分が引き起こした不祥事を報告しているかのように、身を縮め、目を伏せた。少し取り乱している。

「通行できないって……」

野枝曲がりは、麓《ふもと》と『ユートピア』の丁度中間あたりに位置する九十九《つづら》折りだ。野枝狐という妖狐《ようこ》が棲《す》んでいて悪行を繰り返していたが、さる高僧に調伏され白い花に変えられたとの伝承が残っている。どこにでも転がっている昔話だった。羊鞍は美汐とは反対側にある山麓《さんろく》の町で、こちらも小さな温泉郷だった。『ユートピア』は、美汐町と羊鞍町の丁度中ほどにあり、晴れた日は、どちらの街並みも眼下に眺めることができる。

「美汐側も羊鞍側も道路が不通になったってことは……」

「わたしたち孤立しちゃったってことですよね」

由美が唾《つば》を飲み込んだ。

「どうしましょうか。看護師長」

「電話は通じるのね」

「はい」

「電気や水道も異常ないようだけれど。由美さん、ライフラインの確認をお願いします。急いでください」

「あ、はい」

「わたし、今からもう一度、市役所に連絡してみます。五分後に手の空いたスタッフはスタッフ室に集合するよう館内放送してください」

「わかりました」

由美はうなずくと、足早に食堂を出て行った。自ら進んで行動するタイプではないけれど、指示どおりに的確に動ける看護師だった。部下としては頼りになる。緊急時は特に。

凜子の許《もと》に帰る。由美との会話が聞こえていたわけもないのに、凜子は、

「あなたも、いろいろとたいへんねえ」

そう呟《つぶや》き、紙ナプキンでそっと唇を押さえた。完全に他人事《ひとごと》の口調だった。

姫季さん、麓への道が寸断されたんですよ。『ユートピア』が孤立したんです。他人事じゃないでしょ。どうします？　どうしますか。

思いの丈をぶつけてやりたいと感じた。ほんの束の間だ。ほんの束の間で千香子は目が覚めた。

わたしは、この人たちを守らなければいけない。あらゆる困難や苦痛から守り通す。そのために、ここにいる。

笑われようと、揶揄《やゆ》されようと、それがわたしの仕事だ。

紙ナプキンを丁重にたたみ、凜子が顔を上げた。笑ってはいなかった。むしろ、生真面目な硬い表情をしていた。

「仙道さん、あなたってたいしたものですよ」

「え？」

かけられた言葉の真意をつかみかねて、千香子は首を傾げた。しかし、凜子は既にあらぬ方向に視線を向けていた。そして、

「白兎、来るかしら」

と、呟いた。

「そうですか。はい、わかりました。はい……ええ、だいじょうぶです。今のところ

は、こちらに別状はありません。だいじょうぶです。それで……はい、そうですか。早くとも三日前後はかかると……復旧したらすぐに知らせてください。ええ……できるだけ早く、いざというときのために、ヘリコプターでの搬送も考えておいてくださ い。万全の態勢を整えておいてもらいたいんです。お願いしますね」

受話器を置いて、千香子はため息を吐いた。

電話は通じる。断水や停電の心配は今のところ、回避できている。万が一、断水、停電の非常事態になっても、『ユートピア』は自家発電装置も貯水機能も備えている。食料や医薬品、生活必需品の備蓄もかなりの量になる。一週間や十日なら、孤立だろうが籠城《ろうじょう》だろうが、十分に持ちこたえられるはずだ。ヘリコプターでの搬送まで口にしたが、『ユートピア』は病を治す医療機関でも傷を癒《いや》す施設でもない。最高の環境と技術によって、穏やかな、苦しみのない死を与える場所なのだ。そのための手立てはこれもまた十分に揃っている。よほどのことがない限り、入居者たちを他に移すなど考えられない。

だから、問題は限られる。つまり、スタッフの入れ替えができないことと生鮮食料品が手に入らないこと、この二点だ。食料品の方は事情を説明して、しばらく我慢してもらうしかない。おそらく、差し障りはそうないだろう。しかし、スタッフはどうする？

千香子は施設内にいるスタッフの誰彼を思い浮かべた。それから、パソコンの画面で改めて確認する。

看護スタッフ四人
医師・野田村義明《のだむらよしあき》
看護師・仙道千香子
島村由美
西船静江《にしふなしずえ》

調理スタッフ一人
伊上明菜

これくらいのものだ。

医師の野田村は末期医療の専門医で、医師というより聖職者のような雰囲気を纏《まと》っていた。働き盛りの男とは思えないような穏やかな物言いをする。その物言いもほっそりとした撫《な》で肩の身体つきと線の細い顔立ちも、どこか中性めいていた。

「野田村先生って、女に興味がないんでしょうか」

いつだったか、西船静江が声を潜めてしゃべりかけてきた。

「さあ、どうかしら。知らないけど」

そっけなく、受け流す。しかし、静江は千香子に身体を寄せるようにして、潜め声でのおしゃべりを続けた。

「だって、四十過ぎているのに結婚してないんでしょ」

「四十過ぎて独身の男なんて、いっぱいいるじゃない」

「まぁ、そりゃあそうですけどぉ。野田村先生って優しいっていうか、いい意味で男くささって全然、ないですよねえ。あ、あたし、マッチョ嫌いだからいいんですけどね。肉体自慢の男ってどうも苦手で」

「静江さん」

千香子はわざと渋面を作って静江のおしゃべりを遮った。静江は明菜と同い年の二十六歳だが、明菜のような聡明《そうめい》さは持ち合わせていない。正直と言えば正直で、それなりに美点ともなるのだろうが、正直、率直過ぎて口災を招きかねないと千香子は、はらはらしている。うわさ好きで、うわさに尾鰭《おひれ》をつけるのも好きで、そこも懸念の材料だった。中条がどういう経緯でこのおしゃべりでやや軽薄でもある看護師を雇い入れたのか、一度、問うてみたい気はする。気がするだけで、中条を問い質《ただ》すことなど絶対にないとわかっているのだが。

問い質すのは簡単だ。しかし、それが静江を中傷することになったら、静江から職を奪うことになったら、千香子は苦い後悔を背負わねばならない。それは嫌だった。

静江は二年前に離婚し実家に身を寄せながら、二人の子どもを育てているのだ。多少、配慮が足らないおしゃべりをするぐらいで解雇の憂き目にあわせてはいけない。上司として、指導すればいいだけのことだ。そう心得ている。だから、そのときも、少しきつい口吻《こうふん》で窘《たしな》めた。

「いいかげんなおしゃべりは止めなさい。野田村先生の個人的な事情なんてどうでもいいでしょ」

「あ? 看護師長がそんなに本気になるなんて、怪しいなあ。うふっ、ほんとに女には興味がないのかな」

「だから、そんなこと、どうでもいいの。野田村先生はここにいるみんなに慕われているし、信用もされているのはあなたもわかってるでしょう。医師として『ユートピア』を支えていてくださるのよ。そこらへん、ちゃんと認識してちょうだい」

口調がさらにきつくなる。叱責《しっせき》に近い。

静江が眉《まゆ》を顰《ひそ》め、唇を尖《とが》らせた。拗《す》ねた中学生のような顔つきだ。ただし、目尻《めじり》にはすでに薄い皺《しわ》ができ、肌は十代の張りをとっくに失っている。

「わかってます」

一言、そう答えると、静江はぷいと横を向いた。

静江を窘めるための一言だったが、真実そのものでもあった。末期医療の深い知識と現場での豊かな経験を持つ野田村は、『ユートピア』の象徴ともなっていた。

渡米していた野田村を中条が自分の理想と余命いくばくもない現実を伝え、土下座をしてまで『ユートピア』に迎え入れたと聞いている。中条の目は確かだった。野田村がそこにいるだけで、患者はもちろん、スタッフもふっと力を抜き、楽になれた。どうしてだか、千香子にはうまく説明できない。

その物腰、その物言い、その眼差《まなざ》し、その仕草、全てが柔らかく温かく相手を包んでくる。

「今日は、いいお天気ですね。明日《あした》も晴れるそうですよ」

野田村先生がそんなどうってことのない挨拶《あいさつ》をしてくれるだけで、不思議にね、明日も生きてみようって力が湧いてくるんですよ。

三〇一号室の町杉梅乃《まちすぎうめの》が嬉《うれ》しげに言っていた。『ユートピア』に入居してきたころは、暗い沈んだ顔を見せることが多かったのに、このごろはよく笑う。病状が進み、車椅子での生活を余儀なくされているけれど、随分と朗らかになった。若返ってさえいるようだ。数日前は、凜子に化粧の仕方を教わっていた。

野田村が施設内にいてくれたのは、幸運だった。野田村が黙って立っているだけで、場の雰囲気は随分と和む。スタッフたちに今回の事態を説明するとき、傍にいてもらおう。いや、その前に中条にある程度の報告をしなければならないだろうか。それとも、他の入居者と同様に詳細を伝えない方が賢明だろうか。

四階にある中条の部屋に、初めて呼び出されたのは、まだ春の浅いころだった。『ユートピア』の周辺には幾つもの雪だまりが残っていた。冬の名残だ。けれどやはり春は春、残雪は日に日に勢いを増す光に輝きながら、ゆるりゆるりと融《と》けて流れ、地を黒々と濡《ぬ》らす。

そんな風に季節が移ろうころ、突然に呼ばれた。

贅《ぜい》を尽くした。という言葉が脳裏に勝手に浮かび上がるような一室だった。華美な装飾は一切ない。茶系で統一された室内はむしろ地味とさえ感じられた。けれど、踏んだ絨毯《じゅうたん》の感触、革張りのソファの程よい重厚さ、家具の光沢、部屋全体に漂う品位のようなものに、千香子は自分が場違いなところに立っていることをひしひしと感じ、緊張していた。

こんな場所で何を告げられるのだろうか、と。

心身を強張《こわば》らせる千香子に向かって、中条は淡々とした口調で切り出した。

きみに全てを任せると。

『『ユートピア』の実質的な最高責任者は仙道くん、きみだ。そこを自覚していて欲しくて、ここに呼んだんだ。ぼく？　ぼくは年寄りだし死にかけている。もう何もできない。するつもりもないがね。オーナーというより、入居者の一人としてのんびり最期を迎えさせてもらうつもりだから。きみが全てのスタッフをまとめ『ユートピア』を動かしてくれ。もちろん、月々特別手当は払う」

そこで中条が提示した金額に千香子は目を剝《む》いた。千香子が「手当」の一言から連想する金額とは桁《けた》が一つ違っていたのだ。

「どうだね？」

「どうだねって……中条さん、どうしてですか。どうして、そんなにわたしを評価してくださるんですか。確かに、わたしは看護師としての経験はそこそこにあります。ただこんな金額を頂けるような能力はありません」

「そうかね。ぼくは十分にあると思っている。自分で言うのも何だが人を見る目は誰より確かだと自負しているんだ。そうでなければ」

言葉を切り、中条は椅子の背にもたれかかった。

「ここまでこられなかった」

「ですから、なぜそこまでわたしを？」

「さっきも言っただろう。のんびりと最後の日々を過ごしたいって。それが理由さ」

「え?」

「仙道くん。ぼくは俗にいう成り上がりだ。自分一人の力で財を築いてきた。正直、まっとうな道ばかり歩いてきたわけじゃない。法にすれすれ触れるか触れないか、そんな危ない仕事に手を染めたこともある。しかし、結果は……上々と言っても差し支えないだろう。ぼくは、自分の死に場所を自分の好きなように作り上げられるだけの力を、手にしたのだからな」

「はい……」

千香子は曖昧《あいまい》な仕草でうなずいた。

中条は辣腕《らつわん》の実業家である反面、いや、だからこそ強引な手法で事業を拡大してきた人物と言われていた。『強引な手法』がどういうものなのか、具体的には少しもわからなかったが、どこか胡乱《うろん》で非情な気配を察することはできる。

「後遺症というのはやはり、あるものだな」

中条は椅子に深く座り直し、膝《ひざ》の上で手を組んだ。

「後遺症……ですか」

「そう。全力で突っ走ってきた、その後遺症さ。心が騒いでしょうがないんだ、惜しい、惜しいってね」

千香子はやや首を傾げる。

わからないだろうなと言うように、中条が微笑んだ。

「突っ走って、突っ走ってふと気がつくと、死病に冒され余命を区切られる者になっていた。そうすると、突っ走ってきたことでこの手から零《こぼ》れてしまったものが無性に惜しくてね。それをどうしても取り戻したかったんだよ。一度、惜しいと思うと、もう歯止めが効かなくなって……残り少ない人生にブレーキをかけることもない。やりたいようにやればいいかと、考えたわけだ。ね、仙道くんだってそう思うだろう？」

「はあ……」

千香子はまた、曖昧にうなずいた。

中条の話はわかるようでわからない。肝心のところがすっぽりと抜け落ちている。

顔を上げ、中条を真正面から凝視する。

頬がややこけてはいる。しかし、上質のツイードジャケットを着こなした長身の男からは、病の兆しは窺《うかが》えなかった。

「オーナーは、何をおやりになりたいのですか」

核心に踏み込んでみる。

巨費を投じて、これほど贅沢《ぜいたく》な施設を建設した。その真意はどこにあるのだろう。

富でも名声でもない。そんなものは、もう、中条には必要ないだろう。枯れかけた花は陽光を求めない。

中条がにやりと笑う。目の縁にひどく下卑た色が浮かんだ。千香子は慌てて視線を逸《そ》らす。逸らしながら、優太の一言を思い出していた。あれは確か、『ユートピア』が本格的に開所する数日前、最初のスタッフミーティングが終わった直後だ。

「下品な名前ですよね」

千香子の横でコーヒーを飲みながら、優太がぼそっと言った。独り言にしてはやや大きめの声だった。

「下品って？」

「『ユートピア』って名前。なんか、いかにもってネーミングでしょ。なんかパチンコ屋かラブホって感じで、建物の雰囲気とすげえミスマッチすよね」

優太のあけすけな物言いに、噴き出しそうになった。そこを堪《こら》え、「頼むから、思ったことをそのまま口に出さないで」と、窘《たしな》めた。

優太だけではなかった。それから一月ほど経って、姫季凜子が同じ科白《せりふ》を口にしたのだ。

「何て下品な名前なのかしらね。まるで安手のホテルみたい。この名前が嫌で、入居するかどうかずいぶん、悩んだのよ。中条さんがつけたんでしょうけど、品性が疑われるわよねえ。今からでも遅くないから、変えた方がいいんじゃないの」と。

とっくに忘れていた記憶だった。それがふいっと浮かび上がってきた。

中条は下卑た笑みを浮かべたまま、指を鳴らす。

「何をやりたいか……そうだな、ピラミッドかな」

「ピラミッド？」

「あるいは墳丘、あるいは霊廟《れいびょう》とか」

「それって、お墓ってことですか」

「単純に言えば、そういうことになるな」

「お墓って、どういう意味ですか？」

「わからないかね」

わかりません。と答えようとした唇を千香子は固く引き結んだ。

中条はここを自分の墓所にしようとしている。

そう気がついた。

やっと気がついた。

中条が望んだのは、死を間際にした人々のために上質のホスピスを用意することでも、この世に楽園を現出させることでも、『ユートピア』を事業として成功させることでもない。

自分にとって最高の墓所となることを望んだのだ。

下卑た笑いがさらに広がる。

「わかったかね」

「いえ、わかりません」

わからない。

ここを墓とする。

それが何を意味するのか。まるで、理解できない。

ふいに、中条が笑った。

顎《あご》を上げ、のけぞるようにして大笑する。千香子はあっけにとられ、ひくひくと動く雇用主の喉元《のどもと》を見詰めていた。

「……いやいや失礼。きみがあまり真剣な顔をしているものだから、つい、おかしくてね」

「真剣に考えておりましたから」

「はは、真面目だね、きみは。真面目で働き者で志が高い。しかも、看護師として技量は一流。だから、『ユートピア』をきみに託そうと決めたんだが、ね」

絶賛だった。しかし、褒められているとも正当に評価されたとも感じない。中条の口吻《こうふん》の奥に揶揄《やゆ》の臭いを嗅《か》ぐのはなぜだろうか。

「ぼくはただ、余生をのんびりと過ごしたい。そう願っているだけさ。残り少ない時間を最高の環境の中で味わいつくそうって、ね。ただ、それだけなんだよ」

『『ユートピア』はオーナーにとって、最高の環境になるのでしょうか」

「そうさ。スタッフ、入居者も含めて、最高の場所だ。ほぼ完璧《かんぺき》と言ってもいい。だから、厄介事、トラブルの類《たぐい》は全てきみが引き受けてくれ。いいね、それがきみの役目だ。この金額はそのための報酬なんだ。わかったかね」

中条の指がひらひらと動く。白く長い指だ。見続けていると、眩暈《めまい》を起こしそうになる。

「わかりました。精一杯、務めさせて頂きます」

頭を下げる。

目を伏せたまま、足早に廊下に出る。

廊下に出てから大きく息を吐いた。ほとんど無意識の吐息だった。

ばさっ。

落雪の音がやけに大きく響いてきた。

中条には多くを伝えまい。

トラブルの類は全て引き受ける。そう約束したのだ。

どんな非常事態が起ころうとも。

千香子は束の間、眼を閉じた。

小鳥の鳴き交わす声が聞こえる。千香子の胸中とはうらはらに、リズミカルで楽しげな囀《さえず》りだった。

「……というわけです。確かにたいへんな状況ではあるのですが、スタッフ各自が冷静に対応すれば、問題ないはずです。入居者のみなさまには、こちらからお知らせするのは控えようかと考えています。明日《あした》、明後日《あさって》には道路も復旧するでしょうし、ご心労をかける必要はないと判断しました。ただ、質問された場合、隠すことはありません。事実を話してもらって結構です。そのときは不安を決して与えないように、『ユートピア』内はいつも通り何も変わらないことをきちんと、丁寧に伝える。それを心がけてください。みなさんには、少し負担をおかけするでしょうが、数日ですので頑張っていただきたいと思います」

状況を手短に説明した後、千香子はスタッフ全員をゆっくりと見回した。全員といっても千香子を入れて、僅《わず》か五人だ。野田村医師、由美、静江、明菜。この五人で二、三日は奮闘しなければならない。

「まずは、それぞれの御家族に連絡をとってください。道が復旧するまでは帰れませんから。それから、手分けして入居者の親族の方々にも連絡してください。崖崩《がけくず》れのニュースを知って心配していらっしゃることと思います」

そう言いながら、千香子自身、心の内でかぶりを振っていた。

それは無いな、と。

入居者の誰もがたいそうな資産家であると同時に、肉親との縁に驚くほど薄いのだ。ほとんどが独居であり、連絡先も弁護士事務所やオフィスなどの名が多い。

縁《えにし》。

凜子が今朝、呟《つぶや》いた一言が妙に引っ掛かって来る。

中条は故意に肉親との縁の薄い入居者を集めたのだろうか。ただの偶然に過ぎないのだろうか。そこまで考え、自分もまたそうだと気が付く。誰と結ぶ縁もない。

「看護師長」

手が挙がる。静江だった。

「質問、あるんですけど」

「どうぞ」

「あたしたちだけってことは、道が通れるようになるまでこの人数で頑張らなきゃいけないってことですよね。夜も昼も」

「そうです。ただ、うちは大勢の患者さんを抱える病院とは違います。六名の入居者のみなさまにできる限りの奉仕をする、と考えればこの人数でも大丈夫でしょう。夜勤はわたしと由美さんとが交代でやります」

「もちろん、特別に手当がつきますよね」

「え？」

「お給料のことです。非常事態でしょう。あたしたち、仕事量がどーんっと増えるじゃないですか。その仕事量に対してちゃんと手当を頂かないと割に合いません」

「あぁ……そうね。それはまたオーナーにわたしから交渉しておきましょう。今はともかく、入居者のみなさんに不安や不快を与えないことを第一義に行動してください。他に質問はありますか」

静江は不満げに口を窄《すぼ》めたけれど、何も言わなかった。その横でおずおずと明菜が挙手する。

「あの、道路、本当に二日や三日で復旧するんでしょうか」

「だと思います。それほど大規模な崖崩れではないみたいですし、復旧にそんなに時間はかからないはずです」

「でも……」

明菜は眉《まゆ》を寄せ、黒目をうろつかせた。

「天気予報だと、何だか、またお天気が崩れるとかでしたが」

明菜の発言につられ、外に目をやる。

いつの間にか光は翳《かげ》り、風が出てきたようだ。窓枠にしっかりと嵌《はま》ったガラスは、多少の風ではコトッとも鳴らない。

「あたし、不安で。ちょっと怖いです」

明菜の声音は細く震えて、聞いているだけで感情がざわめく。

「大丈夫ですよ」

野田村が立ち上がった。独特の柔らかな笑顔だ。

「さっき看護師長も言ったけれど、『ユートピア』には食料も水も医薬品もリネンもその他の日用品も、たっぷり備蓄がある。自家発電もできる。万が一、籠城《ろうじょう》になっても困ることなんかないと思いますねえ。看護師長ほど頼りにはされていないけど、一応、医者もおりますし。何の不安もないですよ」

「あら、わたし、先生のこと頼りにしてますけど。ほんとは頼りないんですか」

由美の絶妙のつっこみに、笑い声が起こる。場の雰囲気が和らいだ。明菜の口元も緩んでいた。

「それでは各自、自分の仕事に戻ってください。さっき確認した通りに、それぞれの役目を果たすようにお願いします。普段と違う異変に気が付いたり困り事が生じた場合、どんな些細《ささい》なものでも必ず連絡してください。自分だけで解決しようと思わないこと。こんな状況のときだからこそ力を合わせて、頑張りましょう」

千香子の挨拶《あいさつ》に全員が大きくうなずいた。それから、足早に部屋を出て行く。

千香子は息を吐いた。

みんな、プロだ。自分のやるべきことをちゃんと心得ている。確かに非常事態ではあるけれど『ユートピア』の日常は揺るがないだろう。

「あいかわらず、見事ですねえ」

野田村が声をかけてくる。ぼさぼさの髪に無精髭《ぶしょうひげ》、だらしなく前を開《はだ》けた白衣もよれよれになっている。それなのに、少しも不潔な印象がなく、むしろ清々と見えるのは、眼鏡の奥の眸《ひとみ》が美しいからだろうか。

「見事？　何がですか？」

「仙道さんの存在が、見事です。仙道さんがいると何が起こっても大丈夫って気持ちになりますよ」

「まぁ先生。それじゃ、まるでわたしが肝っ玉母さんみたいじゃないですか」

「それそれ、肝っ玉母さん。どっしりと構えていて、いざとなったらちゃんと守ってくれて……そんな雰囲気、ありますよ。あっ、見た目は仙道さん、とてもスマートですけどね」

「まぁ、先生ったら」

野田村と顔を見合わせ、笑う。束の間、全てを忘れ、心底楽しいと感じた。楽しく笑っていると。

野田村が口に手を当て、欠伸《あくび》をもらした。

「先生、昨夜は宿直でお休みになってなかったんですね」

「いやいや、寝ましたよ。けっこうぐっすり眠ってしまいました。ここには急患もいないし、楽なものです。なので、もう少し仕事をします」

「三〇一号の町杉さんですか」

「おっ、やはり気が付いてましたか。さすがですね」

野田村が笑みを広げた。町杉梅乃は精神的な動揺が体調に直結しやすい。敏感でもある。朝食の後、部屋に閉じこもっているのは、いつもとは違う慌ただしさを敏《さと》く感じて気持ちが不安定になっているのかもしれない。

そう考え、野田村に相談するつもりだったのだ。

「町杉さんの部屋で温かいココアでもご馳走《ちそう》になりながら、昔話でも聞かせてもらおうかな。古き良き時代の話をたっぷりとね」

「町杉さんにとっては何よりの治療ですね。よろしくお願いします」

頭を下げる。野田村が親指を立てた。

「承知しました。任せてください。それから、仙道さん、言わずもがなのことですが」

「はい」

「あまり一人で頑張りすぎないこと。スタッフを信頼して任せられるところは任せちやいましょう。頼りないけどぼくもいることだし」

「はい。ありがとうございます。わたしも、由美さんと同じように、先生を頼りにしておりますから」

「それは嬉《うれ》しいですね。祝杯ものだ」

笑いの余韻を残して、野田村が部屋を出て行く。千香子はパソコンにスタッフの仕事時間の配分を入力する作業を始めた。

それが終わるのを待っていたかのように、伊上明菜が入ってきた。白い三角巾《さんかくきん》に上っ張りをつけている。

「看護師長、献立の変更は早急にしなくてもいいようです。材料は十分にありますから。ただしスタッフの食事は少し生野菜と果物を減らそうと思います。大切に使いたいので」

「そうね、そうしてください。一人で大丈夫？」

「何とかやってみます」

「お願いしますね」

はいと答えた後、明菜は足先に視線を落としたまま立っている。

「どうしたの？　まだ、何かある？」

「あの……看護師長」

明菜が顔を上げる。眸の中に影が走った。

「うん？　まだ、お天気が気になる？」

「いえ、そうじゃなくて……あの、今、ここは完全に孤立してるんですよね。麓《ふもと》から
は誰も登ってこられないはずですよね」

「そうだけど。どちら側からも道が塞《ふさ》がれているわけだから」

「だったら、やっぱり見間違いなのかな」

でもと明菜の唇が動く。

「でも、あれは見間違いなんかじゃないと思うけど」

「何のこと？　何か見たの？」

「はい。あの、さっき厨房《ちゅうぼう》で材料の確認をしていたんです。看護師長の指示どおりに、
献立と照らし合わせて調べていました」

「ええ。それで？」

「ふっと目を上げたら、窓の外を人が通るのが見えました」

厨房は北向きの山側にある。庭に面しているわけではないし、寒いので人はめった
に通らない。けれど、まったく人が通らないと断言はできないだろう。

「入居者のどなたかが散歩してたのかしら」

明菜がかぶりを振る。

「いえ、わたしの知らない少年でした」

「少年？」

何故か背筋が冷たくなる。

「確かに少年でした。中学生か高校生ぐらいに見えました。一瞬だったので、詳しくはわかりませんけど」

「明菜さんの知らない人なのね」

「はい。一度も見たことのない子でした」

「確かなの？　誰かを見間違えたんじゃないの」

「それは、間違いないと思います。わたし、視力だけはいいんです。でも、あの」

明菜が口ごもる。

「どうしたの？」

「あの。わたし、びっくりして、すぐに窓を開けて外を覗《のぞ》いたんです。でも、誰もいなくて。さっき通ったと思ったのに……もちろん、走れば建物の陰に隠れたりもできるんですけど、そんなに走っていた感じじゃなかったし、隠れる必要もないでしょ。何だか、ちょっと怖くなって」

「明菜さん。その子がどんな顔してたかわかる？」

「わからないです。あっと思ったときはもう見えなくなってたので。ほっそりした感じはしましたけど。でも、そんなことあるわけないですよね。道は通れないんだし、ここに来ること、誰もできないんだから、スタッフと入居者以外の人がいるわけないですよね」

明菜が身体を縮める。頰は血の気が失《う》せて、青い。

「少年……」

白兎、来るかしら。

凜子の呟《つぶや》きがよみがえる。

窓の外では風が鳴っていた。

二　青のガラス

少年のことを考える。

明菜の見たという少年のことを。

凜子の囁《ささや》きが耳の中に小さな振動を起こす。

「白い兎と書くの。それで、はくと」

白い兎。なんて、へんてこな名前だろう。へんてこで心地よい響きの名前だ。

白兎。

呟いていた。自分が独り言を言ったと気付き、とっさに視線を巡らせる。誰もいない。スタッフルームにいるのは千香子一人だ。

明菜は昼食の準備のために、厨房へと戻っていった。

「だいじょうぶ？　怖いなら、わたしが付いていようか」

千香子の申し出を明菜は即座に断った。

「だいじょうぶです。今、この状況で看護師長の手を煩わせるなんて非常識な真似はしません」

そう答え、微笑んで見せた。

気丈でプロ意識を備えた娘だ。頼もしい。

千香子は一人になり、これからやるべき仕事の整理にかかった。まずは、いつ『ユートピア』のオーナーである中条に事実を、土砂崩れのため、この建物が一時的にせよ孤立しているという事実を知らせるかだ。中条は午前の間は部屋にこもっている。たっぷりと朝寝をした後、自分でコーヒーを淹《い》れ、その一杯を時間をかけて飲む。それが中条のいつも変わらぬ昼までの過ごし方だった。その時間を邪魔されることを中条はなにより厭《いと》うていた。

「ぼくはずっと走り続けてきた。だから、この世で一番の贅沢《ぜいたく》が時間を自由に思うままに使うことだって知っている。ゆったりとゆっくりと何に束縛されることもなく過ごす時間こそが、最大の贅沢なんだよ。ぼくはやっとそれを手に入れたわけだ」

中条が語った言葉だ。

「仙道くん、君の仕事の一つはぼくのその時間を守ることにある。わかっているね」

そう念を押された。つまり、午前中は誰も自分に近づけるなという命令だ。わかりましたと答えた。

時計を見上げる。スタッフルームの時計は何の飾りもない実用的な掛け時計だ。文字盤が大きく見易い。

十時五分。

中条はまだベッドの中だろう。

報告は午後にしよう。午後からで十分だ。

中条の望んでいるのは、現実や状況の把握ではなく、自分の時間を贅沢に消費することだけなのだ。土砂崩れ、通行止め、不測の事態、そんなものに耳を貸したりしないだろう。ただ、静江の言っていた特別手当については、いずれ、折を見て話し合わねばならない。『ユートピア』のスタッフたちにたいへんな負荷がかかっているのは事実だ。それに報いなければならない。

あれこれ考える。

思考にまとまりがなくなってきた。

眠い。

道路が復旧するまで、何とかなるだろう。さほどの混乱もなく元通りの静かな日常が返ってくるはずだ。静かで、贅沢で、どこか虚《むな》しい日常が。

眠い。眠くてたまらない。張り詰めていた神経がふっと緩み、その緩みが眠気を誘う。ゆっくりと睫毛《まつげ》が下がっていく。

千香子、だめよ。あんた看護師のプロでしょ。プロが仕事中に転寝《うたたね》なんかして、恥ずかしくないの。明菜さんに嗤《わら》われるわよ。わかってる。わかってる。でも、ちょっとだけ、ほんのちょっとだけ眠らせて。ちょっとだけなら……いいでしょう。

千香子は机の上に突っ伏した。

遠くに背中が見える。

白いシャツの背中だ。

だれ？

千香子は恐る恐る近づいていく。怖い。とても怖い。怖いのにどうして近づいていくのだろう。なぜ、身を翻して逃げ出さないのだろう。わからない。わたしでありながら、わたしがわからない。

背中に近づいていく。

若い背中だった。少年の背中だ。

だれ？

少年が身じろぎした。振り返ろうとするのだろうか、首がゆるゆると動く。鼻梁《びりょう》が見えた。口元が見えた。微《かす》かに笑っている。

だれ？

少年の唇が動いた。

聞こえない。聞きたい。

この少年の声を、言葉を、聞きたい。


目が覚めた。

ほとんど無意識に時計に目をやる。

十時十分。ほんの数分、まどろんだらしい。

千香子は指の先で丹念に目の周りを揉《も》んでみた。

なんなんだろう、この夢は。奇妙なのに生々しい夢だった。たった五分足らずの転寝で夢を見るなんて初めてだ。

夢のせいなのか、こめかみの辺りが重い。鈍痛がする。

立ち上がり、スタッフ用の冷蔵庫から冷水を取り出す。薄切りのレモンが何枚も浮いている。

コップに一杯分、レモン水を一気に飲み干す。美味《おい》しい。

ふと、窓に視線を向ける。雲が広がり始めていた。明菜の憂い通り、午後から天候が崩れるかもしれない。

風は鳴りやまない。

窓ガラスの向こうで、梢《こずえ》が揺れている。

楓《かえで》の枝だ。

イロハ楓という種類で、見事に紅葉する。植えたばかりなのでさほど大きくはないが、それでもこの秋は、十分に紅色を楽しませてもらった。イロハ楓という名前も楽しい。

『ユートピア』に来るまで楓に様々な種類があるなんてまるで知らなかった。そんなこと思いもしなかった。

「イロハ楓は見事な紅色に変わりますからね。庭木としては人気が高いんですよ。その他にもウリハダ、トウ、イタヤ……たくさんありますよ」

そう教えてくれたのは野田村医師だ。

今は葉を全て落とした裸の枝が、まだ紅葉をびっしりと纏《まと》って絢爛《けんらん》と輝いていたころだった。

夜勤明け、清涼な朝の空気に誘われて庭をぶらついていたとき、野田村に呼び止められた。

「あら、先生もお散歩ですか」

「ええ。さすがに山の空気は違いますね。嘘でも比喩《ひゆ》でもなく、美味しい。身体に染みます」

「夜勤明けは特に、ですね。でも、ほんとに気持ちがいいです。空気も美味しいけれど、紅葉もすてきですね。こちらは目に染みます」

楓を見上げる。一晩眠らなかった目には眩《まぶ》しすぎる紅だ。

その一枝を指差し、野田村が問うてきた。

「仙道さん、楓ってどうして楓っていうか知ってますか」

「え？　楓ですか……」

千香子は、視線を紅色の葉群れから野田村に移した。楓の名前の由来など考えたこともなかった。

「蛙の手から来てるんですよ。カエルノテ、カエルテ、カエデってそういう流れですかね。ほら、葉っぱの形が蛙の手みたいでしょ」

「まぁ、蛙の手ですか」

答えた声の中に嫌忌の響きがこもっていたのだろう。野田村が首を傾け、覗《のぞ》きこんでくる。

「仙道さん、もしかして蛙、苦手なんですか？」

「……はい。大の苦手で。蛇や蜥蜴《とかげ》は平気なんですけどね。蛇なんて毒さえなければ首に巻き付けても、どうってことないぐらいです」

「うへっ、それは剛の者だなあ。それなのに蛙はだめなんだ」

「だめです、だめです。蛙の置物を見ただけで気分が悪くなっちゃうほどで。わたしの生まれ育った所ってすごい田舎で、春になるとぞろぞろ蛙が出てきたんですよ。それも、雨蛙なんて可愛いのじゃなくて、牛蛙。大人の手のひらよりさらに一回りぐらい大きな蛙です。それがぞろぞろ……。通学路のあちこちで車に轢《ひ》かれてぺちゃんこになってるんです。それを烏と鳶《とんび》が奪い合いをしてて。蛙を見るとあの風景を思い出しちゃって、ひどいときは脂汗が出たり動悸《どうき》がしたり、さんざんですよ。牛蛙、先生、ご存じですか？」

「もちろんですよ。中学校の理科の授業で鮒《ふな》と牛蛙を解剖した記憶がありますよ。あのくらい大きいと内臓とか、よくわかりますからね。男子生徒はおもしろがっていましたねえ」

「うわっ、止めてください。想像しただけで眩暈《めまい》がして倒れそうになります」

「仙道さんに倒れられたら、大変だ。『ユートピア』が立ちゆかなくなりますからね。蛙話はここまでにしておきましょうか」

光が翳《かげ》った。

陽を浴びて紅《あか》く燃え上がっていた楓の色が、すっと黒みを帯びる。その色もまた美しかった。

紅葉とは淫《みだ》らなほど艶《えん》なものだ。

「先生、どうしてそんなに楓にお詳しいんですか」

何気なく尋ねてみる。

「詳しいってほどじゃないですけど、一応、植木屋の倅《せがれ》だったものでね。庭木については多少の知識はあるんですよ。ほとんど役に立たないものですけど」

「あら、先生のお家《うち》って植木屋さんだったんですか。知らなかったです」

「四代続いた植木屋でした。父は早くに亡くなりましたが、兄が父親代わりになってぼくを育ててくれたんです。一回り以上年が離れていたから、兄弟というよりほとんど親子関係でしたね。腕のいい造園家で全国的に認められ、小堀遠州《こぼりえんしゅう》の再来なんて地元の新聞で騒がれたこともありました。兄は照れながらも嬉《うれ》しそうでしたよ。控え目で恥ずかしがり屋のくせに自分の仕事には並々ならぬ自信をもっていた。そんな男でしたから」

野田村の口調はいつも通り淡々としていた。重くも軽くもなく、強張《こわば》っても張り詰めてもいない。それなのに、千香子は違和感を覚えた。

先生は、全て過去形で語っている。

野田村の黒目がちらりと動いた。千香子の表情を読み取ったらしく、僅《わず》かにうなずく。

「ええ、兄は亡くなりました。まだ、若かったのですがね」

「そうですか。あの、すみません。わたしったら出過ぎたことを尋ねてしまって」

「いや、仙道さんは何も言ってないですよ。ぼくが勝手にしゃべっただけじゃないですか。謝ることなんて何もないですよ」

「でも……」

「うん、でも不思議な人ですね」

「不思議？　わたしが？」

「ええ、一緒にいるといつの間にか胸にあるものを全部、しゃべってしまうような気がして、怖いですよ」

「先生、それ、わたしのこと褒めてませんよね」

「褒めてませんか？　あれ、そうか、褒めてないか。これはまた、失礼しました」

「先生ったら、ほんとに」

声を上げて笑ってしまった。

不思議なのは先生の方だ。

傍にいてとりとめのない話をしているだけで、こんなに笑える。

「風が冷たくなってきました。中に入りましょうか」

野田村が促す。よれよれの白衣の後ろ姿を見ながら、千香子はなぜか密《ひそ》やかなため息を吐いていた。

あれからどれほどの月日も経っていない気がするのに、風景は一変してしまった。楓は葉を散らし、絢爛どころか貧弱としか見えない。錦繡《きんしゅう》だった山々も枯れ色に変わり、夜ともなれば物悲しい鹿の啼声《ていせい》が響くようになった。

間もなく冬が来る。

『ユートピア』は深い雪に抱かれるのだ。

千香子はわざと勢いよく立ち上がった。椅子がガタリと派手な音をたてる。

しっかりしなさい。

ぼんやりとどこか感傷的になっている自分を叱る。

状況は何も改善されていないのよ、千香子。

緩んだ気持ちを引き締める。

ふっと視界の隅を白い影が過《よ》ぎった。過ぎったような気がした。

今、窓の外を誰か通らなかった？

通ったっていい。不思議でもなんでもない。スタッフルームは厨房《ちゅうぼう》と反対側、つまり南側に設けられている。窓の外には庭園に通じる小径《こみち》が通っているし、楓だけでなく花の付く木々も植わっている。小径は職員用の駐車場への近道でもある。入居者の誰かがぶらぶら歩くのもスタッフが急ぎ足で過ぎるのも、別に珍しくはない。

そう、不思議でもなんでもないのだ。

ふっと目を上げたら、窓の外を人が通るのが見えました。
さっき聞いた明菜の震え声を思い出す。
いえ、わたしの知らない少年でした。
足早に窓に近づき、大きく開け放す。『ユートピア』の窓は全て、スライド式では
なく外に向けて左右に開ける仕様になっているのだ。
冷えた風が吹き込んできた。身を乗り出す。肘《ひじ》が窓辺に飾った花瓶に当たった。さ
ほど強く触れたわけでもないのに、青いガラスの花瓶は床に落ち、派手な音をたてて
砕けた。白い薔薇《ばら》がぎっしり活《い》けてあったからバランスを崩したのだろう。
慌てて破片を拾い集め、もう一度、外を覗く。
誰もいない。
曇り始めた空と北からの風と裸の木々があるだけだ。
誰もいない。誰も……。
千香子は目を瞠《みは》った。さらに身を乗り出す。
白い背中が、建物の角を曲がった。ちらりとだが確かに見えた。誰の背中かはわか
らない。スタッフのユニフォームは水色だが光の加減によってはオフホワイトにも見
える。野田村も白衣を身につけているし、凜子も白いショールを持っていたはずだ。
誰か、わからない。

千香子はスタッフルームを飛び出し、裏玄関に走った。厨房の隣にあるスタッフ用の出入り口だ。そのまま、西に向かって走る。途中で引き返さない限り、あの背中の主はこちら側に現れるはずだ。他所《よそ》に逸《そ》れる道はない。

走る。ここまで全力で走ったのはいつ以来だろう。ナースシューズの足元が滑った。あっと声を上げる間もなく、千香子は前のめりに転び、膝《ひざ》をついていた。

「痛っ……」

ストッキングが破れ、膝頭に血が滲《にじ》んでいる。手のひらにも小石が突き刺さっていた。痛い。

なんて無様な恰好《かっこう》だろう。

涙とため息が同時に出そうだ。さっきの花瓶といいこの転び方といい、無様の極みではないか。

落ち着け、落ち着け。看護師が慌ててどうする。

「看護師に必要なのは冷静な精神と熱い情です。どちらが欠けても、看護師としては不十分なの。覚えておきなさい」

最初に勤めた病院で、五十がらみの看護師長にそう教えられた。

「どんなときでも、冷静に。どんなときにも、情熱的に、よ。慌てたときは深呼吸。落ち込んだときも深呼吸。ね、仙道さん」

千香子は大きく息を吸い、吐く。気道を滑り落ちた冷気に気分がしゃんとする。どんなときでも、冷静に。

建物に沿って、今度はゆっくりと歩を進める。膝の痛みのことは直に忘れた。動悸《どうき》がしている。やはり緊張しているのだ。

冷静に、冷静に、どんなときでも冷静に。

白い外壁の建物を回り込む。

南側に出る。北側と違い燦々《さんさん》と陽の当たる明るい世界だ。晴れていれば遠く美汐の町が見渡せた。今朝はくっきりと見えた麓《ふもと》の風景がぼやけようとしている。天候は崩れる兆候を、確かに見せ始めた。

そんな……。

千香子はその場に立ち竦《すく》んだ。

誰もいないなんて。

誰もいなかった。人間どころか、小鳥の姿もない。風さえ凪《な》いでしまった。千香子の視界の中で動く物は何一つ、ない。

見間違い？　幻影？　わたしは、幻の背中を見たの？

ほとんど無意識に口中の唾《つば》を飲み込んでいた。

なぜだか背筋が冷たくなる。ぞわぞわと寒気が這《は》い上ってくる。

ふいに肩を叩《たた》かれた。

「仙道さん」

悲鳴をあげていた。

その声に驚いたのか梢《こずえ》から鳥が飛び立つ。ヒヨドリだろうか、甲高く鳴きながら、雲の陰に消えた。

振り向き、後ろによろめく。

「せっ、仙道さん、どうしたんですか」

若い男が棒立ちになっていた。

「まっ、優太くん」

「そうですよ。びっくりしたなあ。まさか、仙道さんに悲鳴をあげられるなんて思ってもなかった」

大島優太が大きく息を吐き出す。

「びっくりしたのはこっちよ。心臓が止まるところだったわ。ほんとにもう、驚かさないでよ」

「いや、おれは普通に声をかけただけですよ」

優太が瞬《まばた》きする。そういう表情をすると、優太の童顔はさらに幼くなり、中学生のようにさえ見えてしまう。

「優太くん、どうしてここに？」

気持ちが落ち着くと、優太がここに居るべき人間ではないことに気が付いた。優太は昨日は早番で、四時前には『ユートピア』を出ている。土砂崩れの前に麓の町に帰ったはずだ。

なのになぜ、ここにいるの？

優太ははにかむように笑い、両手を差し出した。手のひらがべっとりと泥で汚れている。

「みんなのことが心配で、土砂崩れを越えて来ました」

「ええっ、あなた、そんな危ないことをしたの」

「やっちゃいました。案外、簡単でしたよ」

「呆《あき》れた。何て無茶なことするの」

「けど、人手は多い方がいいでしょ。特に男手は」

「そうだけど……。あまり危険なこと、しないで。あなたに何かあったら、お母さまがどれだけ嘆かれるか」

優太は母親と二人で暮らしている。父親は優太が小学校に入学する直前、事故で他界したと聞いた。

「わかってます。散々苦労をかけてきたんだから、おふくろを泣かすようなことしませんて。むしろ、親孝行、いっぱいしたいって思ってるんですから」

優太の視線が『ユートピア』の白い外壁に向けられる。

「長生きしてもらって、人生をたっぷり楽しんでもらって、それで、いよいよのときは『ユートピア』みたいな場所で最期を迎えられる。そういうの最高ですよね」

優太の母は、確か隣市の病院に入院中のはずだった。優太は多くを語らないが、ふともらす言葉の端々から、治癒の見込みのない病であるように推測できた。つまり、『ユートピア』の入居者たちと似たような状態なのだ。

似てはいるけれど、まるで違う。

「おふくろ、おれが見舞いに行く度にすまない、すまないって手を合わせるんですよ。ときにぼろぼろ泣いちゃって。おれに余計な苦労をかけるなんて言うんです。言われる度に、なんかもう、身の置き所がないっつーか、どんな顔すりゃいいのかわかんなくなりますよ、ほんと。おれにもうちょっと金とか、金を儲《もう》ける力があったら、あんな大部屋の隅の暗いベッドに寝かさなくて済むのにって」

愚痴や弱音にしては淡々と優太が語っていたのは、いつだったか。その後すぐに「仙道さん、やっぱ、この世は金なんですかねえ」と、呟《つぶや》いた、その呟きの暗さだけは今も千香子の心に残っている。

優太は、最高の環境の下で贅沢《ぜいたく》な生を全うできる人々を知っている。病床の母親と引き比べ、矛盾や理不尽を感じるのは当たり前かもしれない。千香子でさえ、ときに、割り切ろうとして割り切れない思いに囚《とら》われるのだ。

死の平等、生の不平等。

そんなことをふっと考えてしまうのだ。若い優太ならなおさらだろう。もっとも、普段の優太はそんな素振りはおくびにも出さず、自分の仕事を黙々とこなしていた。

「ともかく、やっと辿《たど》りついたんです。ばりばり働きますよ。何でも言いつけてください」

優太が腕を曲げ力瘤《ちからこぶ》を叩いてみせた。

「頼もしいわね」

優太の笑顔に釣られて千香子も微笑んでいた。優太の言う通りだ。今、一人でもスタッフが増えるのはありがたい。懸命に土砂を越えて来てくれた優太の心意気が嬉《うれ》しくもあった。

「じゃあ。早速、ホールの掃除をお願いします。清掃スタッフが来られないので、手分けしてやらないとだめなんだけど、とってもそこまで手が回らなかったの」

「了解。すぐにユニフォームに着替えます」

優太は手の甲でデニムのジャケットの前を叩《はた》いた。

あれ？

何かが千香子の中で弾《はじ》けた。

微妙な違和感。

優太くんに違和感？　なに？

目の前の青年は、確かに大島優太だ。間違いない。それなのに、なにに引っ掛かったのだろう。なにに……。

「仙道さん？」

優太が首を傾げる。

「どうかしましたか？」

「え？　あ、ううん、別に。頼もしいスタッフが帰ってきてくれてよかったなって。少し安心したのかな」

「目が赤いですよ。疲れてるんじゃないですか」

「うん。ちょっとはね。こういう事態だし、どうしても力がはいっちゃうのね」

「後で肩を揉《も》んであげますよ。おれ、いずれ整体師の免許とかとるつもりで、密《ひそ》かに勉強してるんです」

「あら、それは初耳だわ」

「でしょ。他には誰にも言ってませんから。仙道さんなら練習台になってくれるかと思って」

「なんだ、そういうことか。まったく、困ったもんだわ」

わざとらしく顔をしかめて見せる。

くすくすと優太が軽やかな笑声《しょうせい》をたてた。

「ところで仙道さんの方は何をしてたんですか」

「え？　わたし？」

「ええ。すごい勢いで走ってきたかと思ったら、立ったままぼんやりしてて。何事です？　何かありましたか」

「嫌だ。もしかして、転んだところも見られちゃった」

「あーっ、見ちゃいました。見事な転倒でしたね。うわっ、すげえ怪我してるじゃないですか」

視線を下に向けて、優太が叫んだ。千香子の膝《ひざ》の半分は赤黒い血に覆われていた。足首の辺りまで血が伝っている。

「早く手当てしないと」

「そうね。でもだいじょうぶ。自分でできるから。それより、このこと内緒よ。看護師が転んで膝を擦り剝《む》いたなんて、恥ずかしすぎるでしょ」

「わかってます。けど、ほんと、何であんなに慌ててたんですか。仙道さんがあんなにばたばた走るなんて、珍しいですよね」

頬が火照る。

あんな無様な恰好《かっこう》をこの若い男に見られたかと思うと、恥ずかしさのあまり汗が滲《にじ》んでくるではないか。

「ちょっとね」

「誰かを追っかけてたんですか。そんな風に見えたけど」

追いかけていた。

そのつもりだった。

白い背中を必死に追いかけて、捕まえようとした。

けれど背中は消えてしまった。マジシャンの指につままれたコインのように、跡形もなく消えてしまった。

やはり、幻？

やはり、錯覚？

「思い違いだったみたい。なんか馬鹿みたい。自分で自分がおかしいわ」

膝がひりひりと痛む。一度忘れていた痛みは、前よりよほど強く、足を前に出すのさえ辛《つら》かった。

「だいじょうぶですか？」

「ええ、もちろん。何てことないわ」

「仙道さんが何てことないって言うときは、かなり酷《ひど》いってことですよね。無理しないでください」

苦労して成長してきたせいか、優太は人の芯《しん》を見抜くような眼差《まなざ》しを備えていた。優しい心も気を配る術《すべ》も身につけていた。実年齢よりも、見た目よりもずっと大人なのかもしれない。

「あれ？」

優太の足が止まる。

「誰かいる？」

「え？」

エントランスの中に人影が見えた。ガラス越しにも、その人物がスタッフでないことは見てとれる。

スタッフではない。

もっと、ずっと若い。

若い男だ。ほとんど少年と言ってもいいような若い男。

いいえ、わたしの知らない少年でした。

明菜の一言がよみがえってくる。

膝が痛い。

脚が震える。

「誰だろう。変だよな」

優太の声音にも戸惑いが滲む。

スタッフ以外の誰かがいるなんて有り得ないことだ。変だよなで、済まされることじゃない。

息を呑《の》み下し、千香子はエントランスへと入っていった。

少年が振り向く。

顔にも髪にも身体にも、べっとりと泥がこびりついている。

「あなたは」

言いかけた言葉が中途で固まった。

少年がゆっくりとくずおれていく。

とっさに、両腕を伸ばし受け止める。

とんっ。

胸と腕に重い衝撃が来た。少年は完全に脱力し全体重を千香子に預けてきたのだ。

よろめく。

後ろから優太が支えてくれた。

「優太くん、この子を診察室に運んで」

「はい」

優太が軽々と少年を抱きあげる。

診察室は建物の奥まった場所にあった。

『ユートピア』では朝、夕の二回、必要があれば三回でも四回でも医師が各部屋を回診する。患者が医師を自室に呼ぶことも可能だ。だから、入居者たちがわざわざ診察室を訪れることはめったにない。

人気《ひとけ》のない室内に少年を運び込む。

「優太くん、蒸しタオルをお願い」

「はい」

「それと水を」

「はい」

千香子は、ベッドに横たわる少年の頬を柔らかく叩《たた》いてみた。手のひらに若い弾力が伝わってくる。

「目を開けて、きみ。聞こえる、聞こえてるの」

白兎。

思わず口走りそうになり、千香子は慌てた。唇を閉じる。

「う……ん」

少年が身じろぎした。睫毛《まつげ》の先が細かく震える。泥が花弁《はなびら》の形で額に散っていた。汚れというより、奇抜なペインティングを施したように見える。

「聞こえる。きみ、しっかりして。目を開けるの」

「う……」

少年の瞼《まぶた》がゆっくりと持ち上がっていく。

黒い眸《ひとみ》が現れた。まだ焦点の定まらない眸はどこか虚《うつ》ろで、呆《ほう》けているようだ。それでも、美しい眸だった。艶《つや》のある黒い眸は、ゆらゆらと揺れながらしだいに、生気を取り戻していく。

「気が付いた」

「ここは……」

「病院よ。もうだいじょうぶだからね」

正式には病院ではない。ホスピスだ。しかし、意識を取り戻そうとしている者に「病院よ」の一言がどれほどの効果があるか、千香子は身を以《もっ》て知っていた。

「わかる？　病院よ。しっかりしなさい」

黒い眸が千香子に向けられた。唾《つば》を嚥下《えんか》したのか喉元《のどもと》が上下に動いた。

「仙道さん」

優太が水の入ったコップと熱いタオルを差し出してきた。

「水、飲める？」

少年がこくりとうなずいた。

「水、欲しいです」

掠《かす》れているけれどしっかりとした口調だった。

「自分で飲める」

「はい」

少年はコップの水を一気に飲み干した。

飲み干し、ほっと息を吐く。頰に少し血の気が差してきた。

「これで、顔を拭《ふ》いて。こめかみの辺りを温めてごらんなさい。少し落ち着くから」

少年は言われた通りに、タオルを顔に当てる。

「……気持ちいい」

呟《つぶや》きが漏れた。

「あなた身体中が冷え切ってるわよ。お風呂《ふろ》に入って温まりなさい。それから、ゆっくり話を聞かせてもらうから。優太くん」

「はい」

「この人に合うような服があるかしら。こんな泥だらけじゃ、どうにもならないわ」

「服、ですか」

優太の面に当惑の表情が走る。

服だけではない。若い男に関する品々ほど『ユートピア』に不釣り合いなものはない。終末へと向かう生命と、若くこれから伸びていく命は決して交差することがないのだ。

「スタッフ用のユニフォームならあります」

「それでいいわ。用意してちょうだい」

「はい」

優太は、足早に診察室を出て行った。指示に従って、迅速に的確に動けるのは優太の最大の長所だ。

「すみません……」

少年が詫《わ》びる。

「謝ることなんてないわ。けど、事情はきちんと聞かせてもらうわよ。あなたが何者なのか。なぜ、こんな所にいるのか」

「……はい」

「ほら、こちらがお風呂。簡易型だから狭いけど身体を温めるだけなら十分だから」

診察室に併設してあるスタッフ用の浴槽に案内する。とはいえ、ここを使うスタッフはそう多くない。入居者たちが寝静まったあと、露天風呂付きの大浴場を利用した方が、よほど気持ちいいのだ。

千香子はそれを黙認していたが、決して自分では使わなかった。あの豪華な風呂は入居者のもので、スタッフ用ではない。そんな線引きを自分の内でしていた。

よく言えば真面目なのかもしれないが、融通がきかないのも確かで、そういう硬直した部分のある性癖を千香子自身もてあましたりもする。

「ゆっくり入りなさい」

「ありがとうございます」

少年が頭を下げる。乾いた土の欠片《かけら》がばらばらと床に落ちた。それから、浴室のドアを閉める。

「仙道さん、これでいいですか」

優太が男性用のユニフォームを袋ごと手渡してきた。

「一応、M寸です」

「ありがとう。たぶん、これでいいと思うわ」

「おれ、ホールの掃除に回りますけど、いいですか」

「ええ、ありがとう。助かるわ」

「だけど、何なんでしょうね。あいつ」

「これから、話を聞いてみるわ。また、報告するから」

「そうっすね。やっぱ気になるし。なんかやばいやつって、いるじゃないですか」

「やばいやつ？」

「ええ、他人をあっさり殺せたり傷つけたりできるやつって結構いて、えっと十人に一人ぐらいの割合でいるんだそうですよ。明菜さんが雑誌で読んだって言ってました。ですから仙道さんマジで気をつけてくださいよ」

優太はシャワーの音のする浴室をちらりと見てから、背を向けた。

その背中を見たとたん、千香子は気が付いた。

さっき、優太に感じた違和感を。

汚れていない。

さっき少年が落とした土の欠片が目に映る。

土砂崩れの場所を越えてきたのなら、手のひらの汚れだけで済むはずがない。

あの少年のように、泥まみれになるはずだ。

手のひら以外、優太のどこも汚れていなかったではないか。

それは、あまりに不自然だ。

優太くん……。

背筋が寒い。

震えながら、千香子は遠ざかる背中を見送っていた。

三　砕けた皿

少年が眠っている。

規則正しい寝息が聞こえる。

頬には血の色が戻り、安らかな表情に見える。

「ゆっくりお休みなさい」

千香子はそっと声をかけ、部屋を出た。

診察室に隣接する仮眠室だ。診察室とは厚手のカーテンで区切られていて、簡易ベッドとパイプ椅子が一脚、置いてあるだけの部屋だ。野田村医師が時折、休憩時間に横になる他は使用する者は誰もいない。

少年がシャワーを浴びている間に、明菜に頼んで温かな食事——朝食の残りのホットサンドとオニオンスープ——を用意してもらった。

少年は、それをきれいに平らげた。貪《むさぼ》るというほど、がつがつした食べ方ではなく、一口一口を味わうように、ゆっくりと噛《か》み締めて食した。

きれいな食べ方をする子だな。

そう思った。

マナーを知っているとか、よく躾《しつ》けられているとかという意味ではない。サンドイッチを摘《つ》まみ上げたり、カップを口元まで運んだりする仕草がとても優雅なのだ。

「美味《うま》い」

スープを一口、飲んで、少年が感嘆の声をあげる。

「美味《おい》しいでしょ。うちの調理スタッフは優秀なの。まだ若い女の子なんだけれど、腕は一流よ」

少年はうなずき、確かにと呟いた。それから、千香子を真っ直ぐに見詰め、

「一流だから、ここに雇われたんでしょうか」

と、問うて来た。そんな問いかけをされるなんて思ってもいなかったから、千香子は戸惑い、返事ができなかった。

「うわさを聞いたことがあります。医師も看護師もその他のスタッフも一流の人たちだけを『ユートピア』は集めていると」

「そんなうわさが広まってるの」

「おれの耳には入ってきましたけど」

「そう。いったいどこから出たうわさなのかしら」

いいえ、そんなことはどうでもいい。

千香子はスープをすする少年を見下ろし、問い返そうと口を開けた。

あなたは誰なの？　名前は？　どこから来たの？　どうやって来たの？

何のためにここに来たの？

ブザーが鳴った。

ブザーはスタッフルームと診察室の両方に取り付けてある。通話ボタンを押して部屋番号を入力すれば、部屋からの連絡の際は、その番号が表示される。各部屋と迅速に連絡できる仕組みになっていた。

ブザーが鳴り続ける。

スタッフルームには常時誰かが待機しているように、千香子自身がプログラムを組んでいた。今は非常時だ。それでも、患者からの緊急、異常を伝える連絡に対応するために最低でもスタッフ一人は配置してある。この時間帯は西船静江の担当のはずだ。

ブザーは鳴り続ける。

「行かなくていいんですか」

少年の黒眸《ひとみ》が促すように横に流れた。促されたわけではないが、千香子はカーテンを開け、足早に診察室に入った。

ランプが点滅し、その下の表示板に『４０１』の数字が浮かび上がっている。オーナーの中条だ。

「はい。仙道です」

通話ボタンを押し、応答する。

「どうしたね、ずい分、時間がかかったじゃないか」

中条の声が漏れてくる。そう、不機嫌そうではなかった。

「申し訳ありません」

「仙道くん、きみに頼みたいことがある。ぼくの部屋に来てもらいたいのだが」

「はい、参ります。わたしからもご報告しなければならない事態が起こりましたので」

「あぁ、崖崩《がけくず》れのことか」

「ご存じでしたか」

「知っている。テレビのニュースを見たからね」

「詳細をお知らせに参ります」

「いや、いい」

言下に拒否された。こうまであっさり拒否されるとは、予想していなかった。

「オーナー、でも、緊急事態ですし、今の状況だけでもお知らせしておかないと」

「関係ないね」

「は？」

「ぼくには関係ないことだ」

絶句してしまった。

中条秀樹は、ここ『ユートピア』のオーナーであり、余命僅《わず》かと宣告された患者でもある。家族、親族を持たず四階の最上級の部屋に一人で住んでいる。『ユートピア』は自分にとって最高の死に場所なのだと、中条自身が千香子に語った。

その理想郷が道路を寸断され孤立している。復旧の見通しについて具体的な連絡は、まだ来ていない。天候次第では、孤立の状況が長引く可能性だってあるのだ。

なのに関係ない？

どういうこと？

千香子の心内を見透かしたかのように、中条が笑った。含み笑いに近い、不鮮明な笑い声がスピーカーからぽたりぽたりと滴る。

千香子にはそう感じられた。

中条の声は粘度を持ち、滴っている。

ぽたり、ぽたり。

凝固しかけた血のようだ。

ぽたり、ぽたり。

閉じた瞼《まぶた》の裏に血の色が広がった。祖母の前掛けの色だ。母の血の色だ。母の血は祖母の前掛けを赤黒く汚したのだ。

「ぼくには何の関係もない。きみが、いるからね」

目を開ける。光が眩《まぶ》しい。軽い眩暈《めまい》がした。

「ぼくにはきみがいる。きみが、ぼくを厄介事や揉《も》め事から完璧《かんぺき》に守ってくれる。そうだろう」

「オーナー……」

「きみを信頼しているよ、仙道くん。ぼくの残された日々を快適に、憂いなど何一つ無いように、きみなら完璧に取り計らってくれるはずだ。きみなら、ね」

ぽたり、ぽたり。

ぽたり、ぽたり。

中条の声が滴る。滴りながらさらに粘り、耳の奥に溜《た》まっていく。

ガシャン。背後で物の壊れる音がした。

振り向く。

少年が大きく目を見開いて、床を見ていた。床にはスープ皿の欠片《かけら》が散っている。白地に青い蔦《つた》模様の皿だ。

粉々に砕けた。

「オーナー、では、すぐに参ります」

「あぁ……待っている」

通話を切り、もう一度、振り向く。少年はしゃがみ込んで皿の欠片を拾い集めていた。

「すみません。どこに片付ければいいのかわからなくて尋ねようとしたら、手が滑っちゃって。ほんとにすみません」

「いいのよ。気にしなくても」

千香子も腰を下ろし、欠片を拾う。

「けど、高いんでしょ。この皿」

「そうね。イタリア製だったかフランス製だったか、どちらにしても輸入品らしいわ。でも、いいのよ。ほんとに気にしなくていいの。それより、怪我しなかった」

「ええ」

青色の欠片に伸ばした指先が少年の指先に触れる。二人同時に手を引き、視線を逸《そ》らす。

「少し、眠ったほうがいいわ」

千香子は仮眠室に向かって顎《あご》をしゃくった。

「簡易ベッドがあったでしょ。あそこ、使って。シーツも枕カバーも新しいから、気持ちよく眠れるはずよ」

「いいんですか」

少年の双眸《そうぼう》が瞬《まばた》きを繰り返した。

「いいわよ。疲れてるんでしょ。もう、くたくただって顔をしてるもの。一眠りしてちょうだい。それから事情聴取に移るわ」

「事情聴取ですか。ちょっと、おっかないですね」

「ええ、ここは怖いとこなのよ。見た目とは裏腹に、ね」

自分の言葉に、自分で驚く。

わたしったら、何を言ってるの。ここは『ユートピア』、死に行く人々のための理想郷。ここにあるのは安穏と贅沢《ぜいたく》だけ。恐怖や苦悩とは、もっとも隔たった場所ではないか。

少年は何も答えなかった。黙したまま欠片を拾っている。

沈黙は何を意味するのだろう。

ほんの少し、少年に向かい屈《かが》みこむ。

「ねえ、わざと？」

少年が顔を上げ、今度はゆっくりと一度だけ、瞬きをした。

「このお皿、わざと落としたの？」

「まさか。おれの不注意です」

「そう。そうよね。ごめん、変なこと言っちゃって。欠片は隅のあのゴミ箱にそのまま捨てておいて。じゃあ、ゆっくりお休みなさい」

「はい。ありがとうございます」

頭を下げた少年のうなじが白く発光して見えた。千香子は、足早に診察室を出る。ドアを閉めたとたん、ため息を吐いていた。

何であんなことを問うたのかしら。

わざと落としただなんて。

そんなわけがない。けれど……突き刺さってきたのだ。皿の砕け散る音が鼓膜に突き刺さってきた。その音が、中条の笑いを遮ったのだ。あの瞬間、夢から覚めたような気がした。覚醒《かくせい》の感覚だ。

ほんとうに偶然なのだろうか。

偶然に決まっている。

そう言えば、あの子の名前すら聞かなかった。

あの子は、名乗ろうとしなかった。

寝不足の頭の中をさまざまな思いが行き来する。

不意に〝もしかしたら〟の一言が頭に響いた。

もしかしたら、あの子、消えてるんじゃないだろうか。現れたときと同じように、唐突に消えてしまう。そういう子ではないのだろうか。

診察室に戻り、仮眠室のカーテンを引く。

少年はいた。静かに眠っていた。

規則正しい寝息が聞こえる。ぐっすりと寝入っている証《あかし》だ。

「ゆっくりお休みなさい」

そっと声を掛ける。我が子を見守るような心持ちになっていた。子どもなど産んだことも育てたこともないはずなのに。

そんな自分がおかしくて、少し笑った。

さっきのお皿のことも含めて、わたし、どうかしている。しっかりしなくちゃ。

笑みを消し、表情を引き締めて廊下に出る。足早に歩き出す。

「きゃっ」

角から人影が飛び出してきた。危うくぶつかりそうになる。

「静江さん!」

西船静江だった。

乱れた髪を押さえ、額にうっすら汗を滲《にじ》ませている。

「あなた、どこに行ってたの。スタッフルームが無人になってるじゃない」

「すみません」

静江は素直に謝り、また、髪を撫《な》でつけた。オーデコロンのさらりと甘い香りが漂う。

「水原さんの様子が気になったものですから、ちょっとお部屋を覗《のぞ》いて来ました」

「水原さんの様子？　何が気になったの」

「あ、ちょっと具合が悪そうに見えたものですから」

嘘だと思った。

水原隆文とは今朝、食堂で顔を合わせた。凜子とのやりとりも聞いていた。別段、変わった様子はなかったはずだ。眼差《まなざ》しも物言いも仕草も、はっきりとして確かだった。看護師が気にかけるような症状は何一つ、見受けられなかったのだ。千香子が気が付かないほどの異常を静江が見抜くことはまず、あり得ない。

静江は嘘をついている。

「そう、で、水原さんどうだった」

「え？　あ、ええ、まぁ大丈夫でした。あたしの取り越し苦労だったみたいで……」

「わかりました。でも、これからは持ち場を離れるときは、どこに行くかを明記しておいて。こんな事態だから、余計に注意して行動してもらいたいの」

「はい。申し訳ありませんでした。これからは気をつけます」

静江はどこまでも神妙だった。

「それとね、静江さん。この匂いはだめよ。看護師はできるだけ無臭でなければね。入居者のみなさんはお年寄りだから、特に香水なんかには敏感だもの。不快感を与えてしまうかもしれないでしょ」

静江の唇が尖《とが》った。不満の表情だ。しかし、静江はその表情をすぐに消し去り、無表情となってうなずいた。

「わかりました。気をつけます。すぐに着替えますから」

「そうして。あっ、もう一つ。仮眠室に男の子が寝ているの」

「男の子、ですか？」

「ええ、ちょっと事情があってね。そのまま、寝させておいて」

「はい。了解しました」

「わたしは、四〇一にいます」

「四〇一、オーナーのお部屋ですか」

「ええ。今の状況を、ご報告しておかないとね」

「そうですね」

静江が上目づかいに千香子を見てくる。意味ありげな視線だった。

何か？　と千香子が問う前に、静江は素早く背を向け、スタッフルームに消えて行った。

何故かため息を吐いてしまった。

疲れているのかな。

階段の裏手にある四階直通のエレベーターに乗り込む。

中条のためだけのエレベーターだ。

扉横の壁にある鍵穴《かぎあな》に四〇一号室の鍵を差し込まないと、エレベーターは稼働しない。

合鍵を持っているのは千香子だけだ。もっとも、スタッフルームには『ユートピア』の全室に適合するマスターキーがあるが、普段使用することはほとんどない。

『ユートピア』の入居者もスタッフもそれぞれに選び抜かれた者たちだ。施設内で、何かのトラブルが発生する確率は極端に低かった。

入居者の容態が急変し、突然の死を迎える。スタッフの気が付かぬ間に最期を迎える。その可能性さえ、限りなく零《ゼロ》に近い。『ユートピア』にいれば、痛みも苦しみも味わうことなく緩やかに生を閉じられる。理想的な死が用意されているのだ。

そんなこと、あるだろうか。

四階へと昇るエレベーターの中、千香子は考えるともなく考えてしまう。

理想的な死に方、そんなものがこの世に存在するのだろうか。万が一、存在するとして、それは金で贖《あがな》えるものなのだろうか。

死を意識しないまま一瞬で砕け散る。それが、最も苦痛の少ない死に方だと、聞いたことがある。

例えば、道を歩いていてかなりの重量の物体——鉄骨とか大岩とか——が落下してきたとして、その下敷きになり瞬時に押し潰《つぶ》される。死体がどのような惨状であろうと、本人は何が起きたか理解できぬまま、苦痛を感じる間もなく絶命したはずだ。あるいは、ギロチン。ああいう道具を使ってすぱりと首を落とされれば、苦痛をほとんど味わわなくてすむ。もっとも、ギロチン台に上がるまでに、ものすごい恐怖を味わうことになるだろうが。

そんな話を誰から聞いたのだったか。

人の考える安らかな死と現実の間には、大きなギャップがある。安らかにも、穏やかにも人の死をコントロールできると思うのは、とてつもなく傲慢《ごうまん》なのではないか。

そこまで考えたとき、エレベーターが止まりドアが開いた。絨毯《じゅうたん》を敷き詰めた廊下が続く。その行き止まりに四〇一号室はあった。他に部屋はない。

分厚い絨毯は人の足音を、防音、断熱の壁は人の声をたやすく呑《の》みこみ、消し去ってしまう。

「オーナー、仙道です」

壁に取り付けられたインターホンに名前を告げると、扉を開ける。

中条はガウン姿のまま、安楽椅子に腰かけていた。

「お呼びでしょうか」

白髪を頂いた顔がゆっくりと千香子に向けられる。

「入居者が自室に引っ込んだ後、スタッフ全員を談話室に集合させてくれ」

「全員をですか」

「そうだ」

「かしこまりました」

関係ないと言い切った考えを改めたのだろうか？　オーナーとして、孤立した『ユートピア』で奮闘するスタッフを励ますつもりなのか。だとしたら、静江から要望のあった特別手当について、切り出し易くはなる。

「オーナー、あの」

「崖崩《がけくず》れも、通行止めも一切関係ないよ」

「え？」

「一般的に言えば『ユートピア』は孤立した状態だが、そのためにスタッフを集合させるわけじゃない。さっきも言ったが、そういう面倒なことは全て仙道くん、きみに任せてある」

「あ、はい」

「きみのことだ。抜かりはないだろう」

「只今《ただいま》のところは、特に申し上げるようなトラブルはございません」

「だろうな。まぁ、その調子で頼む」

鷹揚《おうよう》にうなずくと中条は安楽椅子を僅《わず》かに揺らした。

「オーナー、それでは何のためにスタッフを集めるのですか」

「ただの気紛《きまぐ》れ」

「は？」

「ただの気紛れさ。そう答えたら、きみはどうするね」

千香子は軽く息を吸い、背筋を伸ばした。

「そういうことなら、ご指示には従いかねます」

「オーナーの命令であってもか？」

「正直に申し上げます。今、わたしたちは限られた人数の中で、入居者のみなさまに今まで通りの安心とサービスを提供するために、全力で働いています。誰であろうと、ただの気紛れに付き合う余裕はありませんので」

ほんのしばらく、二秒か三秒の間、贅《ぜい》を尽くした部屋が静まりかえる。分厚いガラスによって、外界の音はほぼ完全に遮断されていた。風音も、遠雷も、山々の唸《うな》りもここまでは届かない。

空を雲が流れる。流れながら厚く、黒く、密度を増して行く。明菜が心配した通り、天候が再度、崩れようとしている。冬の嵐がまた始まるのだろうか。

言葉が過ぎたかもしれない。

もう少し柔らかく、下手に出るべきだったのかもしれない。いや、そうすべきだった。

背筋の辺りがうそ寒くなる。

中条は成功者だ。一代で巨万の富を築いた。『ユートピア』のオーナー、支配者でもある。機嫌を損ねれば、どれほど優秀なスタッフであっても『ユートピア』にはいられない。そして、馘首《かくしゅ》され、『ユートピア』を出て行かねばならないとしたら、あてどなく彷徨《さまよ》うことになる。この世界のどこにも、千香子の帰るべき場所はないのだ。

しかし、後悔の念はさほど長く続かなかった。

言わねばならないことを言ったまでだ。

そう思う。

千香子はスタッフを束ねる立場だ。スタッフの権利を守る義務がある。中条がオーナーの権限を振り回して、スタッフを私物のように扱うなら、阻まなければならない。自分の行く末に思いを巡らすのは、それからでいい。

ふいに、笑い声が聞こえた。

中条が笑っている。顎《あご》を上げ、いかにも楽しげに哄笑《こうしょう》している。あまりに唐突な笑いの意味も原因も摑《つか》めない。千香子は黙したまま、ケタケタと響く笑いを聞いていた。

死期が近づいた人間が一時的に錯乱状態に陥ることは、ままある。しかし、中条の笑いは錯乱でも意識の混濁でもない。笑いたいから、笑っているのだ。

「いや、失敬。きみが、あまりにこちらの予想通りの反応をしてくれるものだから……つい、おかしくて」

「予想通り？」

「あぁ、多分、きみならスタッフの立場を重んじて、ぼくを叱りつけるだろうと思ってたんだよ。まさに、その通りだった」

「叱りつけたつもりはありません。オーナーがそんな風に感じられたのなら謝ります。それでは、先ほどのお話はただの……」

「冗談だよ、ただの冗談だ。いや、確認したかったのかな。きみが、ぼくの思った通りの人物だと確認したかった」

中条が立ち上がる。ゆっくりと窓際に近づき、不穏な雲の動きに目をやる。

「責任感が強く、献身的で冷静で、プロ意識と判断力に長《た》けている。それが、きみだよ、仙道くん」

「いささか、買い被《かぶ》り過ぎの気がしますが」

「いや、ぼくの目に間違いはない。今まで一度も人間の真価を見誤ったことはないんだ。それが自慢でもあるのでね。ふふ、きみはぼくの望んだ通りの人物だった。ほとんど、理想形に近い。きみにはあらゆる面で満足しているよ」

「ありがとうございます」

頭を下げる。頬が火照っていた。こんなに露骨に褒められたのは初めてだ。嬉《うれ》しいよりも誇らしいよりも、ただ面映《おもは》ゆい。同時に、違和感を覚える。

なぜ、オーナーは今ごろになって、こんな褒め言葉を口にするのだろうか、と。

「仙道くん、ぼくの遺産は不動産、株式を含め、五十億近くある」

「はぁ……」

五十億？　想像もできない金額だ。五の後に幾つ〇が続くのだろう。

「その半分をきみに譲りたい」

「はっ？　オーナー、何とおっしゃいました」

「ぼくが死んだら、遺産の半分をきみに相続してもらいたい。そう言ったんだ」

千香子は息を詰め、中条を凝視していた。

やはり、一時的な錯乱をきたしているのだろうか。しかし、囈語《うわごと》にしては、口吻《こうふん》が確か過ぎる。

中条が明らかな苦笑を浮かべた。

「仙道くん、ぼくは惚《ぼ》けたわけでも、混乱しているわけでもない。まだ、頭も精神もいたってまともだ。まともなうちに伝えておこうと思ったんだ。ぼくに残された時間はそう多くはないからな」

「オーナー、でも……」

「もう一度、言おう。ぼくは、ぼくの財産の半分をきみに、残りの半分を『ユートピア』の選ばれたスタッフたちに遺《のこ》そうと考えている。つまり、スタッフの人数に合わせて等分に配分するつもりだ」

千香子の方が混乱してしまう。

この人は何を言い出したのだろう。まるで、真意が摑めない。

「本当のことを言うとね、仙道くん。ぼくがこの『ユートピア』を建てた理由は二つある。一つは前にも言った通り、自分にとって最高の死に場所を自分の手で作りたかったから。もう一つは、ぼくの遺産を相続するに相応《ふさわ》しい者を集めたかったから、だ」

中条は指を二本折り、ちらりと千香子を見た。

「相続に相応しい者、それがきみたち、『ユートピア』のスタッフさ。その中でも、きみは最も相応しい。何度も言うが、ぼくの理想に限りなく近い存在だ。きみになら、財産の半分を渡しても惜しくはない。そして、きみならぼくの条件を呑《の》んで、ぼくの遺志を継いでくれるだろう」

「条件？」

「この『ユートピア』をきちんと管理、運営してくれること。それが、ぼくのきみに対する唯一の条件だ」

「まぁ」

思わず目を瞠《みは》っていた。胸の上で両手を重ねる。

「それは『ユートピア』をわたしに預けてくださるという意味ですか」

「預ける？　いいや、きみに譲るという意味だ。きみが、ぼくに代わり『ユートピア』のオーナーになるんだ。是非とも、なって貰《もら》いたい」

わたしが『ユートピア』のオーナー？　この美しい場所が、わたしの物になる？

胸を強く押さえる。手のひらに鼓動が伝わってきた。

こくっ、こくっ、こくっ。

『ユートピア』がわたしの物になる。

わたしの物になる。

中条がゆっくりと身体の向きを変え、千香子の真正面に立つ。

「ぼくが死んだ後も『ユートピア』をこのままの形で維持してもらいたい。この部屋はオーナー専用室としてきみが使えばいいし、入居者とスタッフの人選も全てきみの裁量でいい。ただ、『ユートピア』の、贅《ぜい》を尽くしたからこそ生まれる優美さ、美しさだけは損なわないよう心を配って欲しい。採算は度外視して構わないのだ。そのために、きみにぼくの財産を遺すんだからね」

「オーナー、あの……」

「ぼくは自分の人生に満足している。家族を持つことには失敗したが、それも自分で選んだ道だ。家族の代わりに、赤の他人である『ユートピア』のスタッフに遺産を相続してもらうというのも、ま、ぼくの生き方に相応しいのかもしれない」

中条は、しゃべりつづけた。自分の言葉に酔っているのか、煽《あお》られたのか、表情も口振りも熱っぽい。反対に、千香子の心は凪《な》いでいた。さっき、束の間感じた高揚は、既に萎《しぼ》み消えかけている。

ずっと、地道に生きてきた。地に足をつけ、高望みをせず、目立たぬように生きてきた。満ち足りているとは言い切れないけれど、自分には似合いの生き方を自分の手で培ってきたと自負している。

中条の申し出は——それが狂気でも虚言でもないとしたら——千香子の積み重ねてきたものを根底から覆す危険を孕《はら》んでいた。

用心しなければならない。

人は分相応に生きてこそ、幸せなのだ。

千香子が生きて行く途上で摑んだ、哲学だった。

中条がふっと口をつぐむ。

訝《いぶか》しげに目を細め、千香子を見る。

「仙道くん」

「はい」

「ぼくの言っていることを理解しているかね」

「だいたいはできております。ただ、俄《にわ》かには信じ難いお話だとも感じております」

「そうかね」

「はい。オーナー、正直、申し上げて、このようなお話はあまりに現実離れしておりますが」

「現実だよ。紛れもない現実だ。きみの、ね」

「わたしの現実」

「そう、現実だ。きみは、現実主義者じゃないか。決して、甘い夢や理想に寄りかからない。他人に自分の運命を託さない。筋金入りのリアリストさ。ぼくがきみを気に入った、大きな要因でもある。仙道くん、ぼくは本気だからね」

わたしの現実。

二十五億が。

『ユートピア』が。

わたしの現実。

再び、鼓動が強くなる。

「オーナー、では、スタッフを招集するのは、今おっしゃったことをみんなに伝えるため、ですか」

「そうだ。莫大《ばくだい》なボーナスがそれぞれの懐に転がり込むわけだ。さて、どんな顔をするかな」

西船静江の要望を見透かしていたかのような、口振りだった。

「でも、スタッフは他にもおります。このような状況ですので出勤できないだけです」

中条はゆっくりとかぶりを振った。

「ぼくの言うスタッフとは、今日、我が『ユートピア』で働いている者たちだけだ。他は対象としない」

「なぜですか。他のスタッフもオーナー自らがお選びになった人材ではありませんか。優秀という点では、なんら変わらないと思いますが」

「全員に均等というのは、面白味が無い。選ばれた者と選ばれなかった者、その差こそが人生だ」

「では、選ばれる基準とは何になるんですか」

「天啓だよ」

「は？」

中条は肩を竦《すく》め、両手を広げた。大仰で芝居じみた仕草だ。凛子なら、どんな反応を示すだろう。さも嫌そうに眉《まゆ》を顰《ひそ》めるか、見下すような笑みを浮かべるか、まるで無視してしまうか。

「実は、今日の午後、顧問弁護士をここに呼んであったんだ。さっき言った内容の遺言状を作成するためにね。まあ、こういう状況で少し先延ばしにせざるをえないがね。ただ、ぼくはまだ迷っていた。きみ以外のスタッフの誰を選ぶかという点でね。きみの言う通り、『ユートピア』のスタッフはみんな優秀だ。ぼくが選《え》りすぐった面々なのだからね。ぼくなりに思案していた。そこへ、この緊急事態だ。『ユートピア』は孤立し、閉じ込められたスタッフたちが孤軍奮闘している。それを知ったとき、閃《ひらめ》いたのさ。今、この時点でこの状況と闘っているスタッフたちこそが、選ばれた者だとね。まさに、天啓だった」

千香子は無言のまま、中条の話に耳を傾けていた。

違和感が消えない。

一応、筋は通っているけれど、ほとんど真実味は感じられない。自分が一代で築いた財産を幾らお気に入りのスタッフとはいえ、赤の他人に遺したりするだろうか。

それとも、死期が間近に迫った孤独な資産家の思考は、千香子などには思いも及ばぬ複雑怪奇なものなのだろうか。

「まぁ、ぼくからの申し出を受ける、受けないはそれぞれの自由だ。ぼくとしては、体力、精神力に余裕のある間に胸の内を伝えておきたいと思っている。それだけだ」

中条が椅子に座る。特注の安楽椅子だ。磨き込まれたひじ掛けが鈍く光を弾《はじ》く。

「……わかりました。今夜九時にスタッフ全員を集めます。それから、お迎えに上がりますので」

「頼む」

「では、失礼いたします」

一礼しオーナー室を出る。

出る寸前、中条に呼び止められた。

「仙道くん」

「はい」

「金が全てではないと言うやつがいる。きみも、そう思うかね」

ドアに手をかけたまま、千香子はうなずいた。

「思います」

「しかし、この世の大半は金で解決がつく。金さえあれば幸せだとは思わんが、金のないことが不幸に繋《つな》がるのは、明白だろう」

「そうかもしれません。でも」

「でも？」

「オーナー、答えにはならないかもしれませんが、わたしたちの周りには、お金で買えないものが、案外多いのではないでしょうか」

「どうかな。ぼくにはそうは思えないけれどな。金で買えないもの……さて、何があるかな。具体的に言ってみたまえ。ただし、真心なんて青臭いこと、言わんでくれよ。人の真心なんて金を出してまで買い漁《あさ》る代物じゃないしな」

「若さです」

「うん？」

「二十代のスタッフを見ていると、つくづく思っちゃうんです。若いなあって。わたしがどんなに頑張っても敵《かな》わない若さがあるなって」

「なるほどな。若さか。ふふ、しかし若さのかわりに、きみには豊富な経験と仕事に対する適性があるじゃないか。それは、二十代の若造や小娘がどんなに頑張っても敵わんものだろう」

「ありがとうございます。そう言えば、経験も適性もお金で買えるものじゃありませんね。わたしはそう思いますが」

安楽椅子が微《かす》かな音をたてた。千香子は続ける。

「それに過去も」

ぎいっ。ぎいっ。

「過去？」

中条が椅子に腰かけたまま、僅《わず》かに首を捩《ね》じった。

「ええ、経歴はもしかしたら、お金で作れるかもしれませんが、自分の過去は幾らお金をかけても塗り替えられないでしょう。他人には隠せても、自分自身を欺くことはできませんから」

「どういう意味だね？」

「忘れたつもりでも、捨てたつもりでも、過去は過去として存在するという意味です。どれほど、お金を積んでも自分の中から消し去ることはできないでしょう。オーナー、お金は使い方によっては途方も無い力を発揮するのでしょうが、万能ではないのです。そうお考えになったことは、ありませんか」

中条の顔が妙に平板に見える。そこからは、何の感情も読み取れなかった。

「失礼いたします」

もう一度、頭を下げ、千香子は廊下に出た。とたん、身体が萎《しぼ》んだかと思えるほど長く、息を吐き出していた。

言わずもがなのことを言ってしまった。中条にしてみれば、ずい分と小賢《こざか》しい戯言《たわごと》に聞こえただろう。

けれど、言わずにはおれなかった。

過去は消し去れない。

誰でもない自分自身が忘れてはくれないのだ。

父は母を殺した。逃げる母の額を鉈《なた》で打ち割ったのだ。

母は父に殺された。他の男を愛し、おそらく、その男に抱かれ、肉体も心も支配されて、夫と娘を捨てようとした。そして、殺された。

あれが、仙道の娘や。

あの事件の……子ぉか。

父親が犯人、母親が犠牲者。なんとまぁ、哀れな子やなあ。

言うちゃあ悪いが、うちの子と親しゅうにはなってほしくないけど。

殺人犯とふしだらな女の血が流れとる娘か。

憐憫《れんびん》、同情、疎外、嫌悪、忌避、好奇。

人々の様々な感情に晒《さら》されて、千香子は十八までの多感な時期を、故郷の町で生きた。祖母に何度も町を出ようと懇願した。知り合いも縁者もいないどこかに引っ越そうと縋《すが》った。

祖母は頑として拒み通した。

「千香子、どんなに逃げても、逃げ回っても過去は変えられんで。一度起こったことを、無かったことにはでけんのや。たとえ、日本から出て行ったとしても、おまえが仙道千香子なんは変わらん。それだけは、よう覚えとけ」

うちはもう嫌じゃ。どこか遠くの町で、新しゅう生き直したい。泣きながら訴える孫を祖母は震えるような声で諭した。

一度起こったことを、無かったことにはでけんのや。

祖母の震えるような声は、あの一言は、耳奥にべとりとくっつき、時折、生々しくよみがえってくる。

未来は変えられるかもしれない。でも、過去はどのようにも変わらない。変えられない。五十億を費やしても、無理なのだ。

また、知らぬ間にため息を吐いていた。

それにしても、と千香子はため息を吐いたばかりの口元を引き締めた。思考が過去から現在へと戻ってくる。

それにしても、オーナーは何故こんな突拍子もない計画を思いついたのだろう。何のために、何のために……。

降下するエレベーターの中で考え続ける。むろん、答えは摑《つか》めない。

スタッフルームに戻ると、静江が待っていたかのように急ぎ足で近づいてきた。

「看護師長《チーフ》、あの子、誰なんですか」

「仮眠室の男の子のこと？」

「そうです。ぐっすり眠ってるみたいだけど、見舞客、なわけないですよねえ。でも、道路は不通になってるのに、どうやってここまで辿《たど》り着いたんですか」

「わからないわ。まだ何にも聞いてないの。とても疲れているみたいだったから、ともかく休ませてあげようと思って」

静江の表情が歪《ゆが》んだ。顎《あご》を引き、眉間《みけん》にはっきりと皺《しわ》を寄せる。

「大丈夫なんですか」

「うん？　大丈夫って？」

「素性もはっきりしない子を『ユートピア』内に入れて、トラブルのもとになりませんか。このごろの若い子って、油断できませんよ。入居者はみんな金持ちなんだから、その所持金目当てに盗みに入ろうとする輩《やから》だって、いるんじゃないですか」

「まぁ、静江さんもまだ十分に若い子の内じゃない」

「あたし？　やだ、看護師長、あたしなんか、もうオバサンですよ。オバサン。若い子っていうのは、あの子みたいに」

静江が仮眠室の方向に、顎をしゃくる。

「十代の子を言うんじゃないですか」

「静江さんには、あの子、十代に見えた？」

「え？ 違うんですか。どう見ても十五か十六か、その辺りじゃないですか。そうでしょ？」

「そうね。まぁ、そうかもしれないわね」

曖昧《あいまい》なうなずき方をしていた。

静江の言う通り、あの少年はどう見ても十代の半ばにしか見えなかった。青年ではなく、まだ少年の範疇《はんちゅう》にいる。

けれど、何か違うような気がしてならない。

説明はできない。少年が幾つなのか、見当が付かない。少年のここに違和感を覚えるのだとはっきり、言い表せないのだ。

「ともかく、ごたごたが起こらないうちに、追い出しちゃった方がいいんじゃないですか」

「でも、また雨風が強まりそうだし、雪が降るかもしれない。山の中に放り出すわけにもいかないでしょう。下手したら命に関わるわ」

「そうですかぁ。不審者は不審者。とっとと追い出しちゃえばいいのに。看護師長、甘いんだから知りませんよ、あの子がとんでもなく凶暴な殺人鬼だったりしても」

「殺人鬼？　まさか、とてもそうは見えないけど」

「いかにもって感じじゃないところが怪しいんです。殺人犯の顔写真がずらっと載ってる雑誌、明菜ちゃんに見せてもらったことあるけど、ほとんどの人がフツーに優しそうな顔つきでしたよ」

「まあ、明菜さんてそういう類《たぐい》の本が好きなのかしら」

静江は肩を竦《すく》め、くすりと笑った。

「好きみたいですよ。非日常でおもしろいって、よく話をします。〝人は見かけによらぬもの〟でしょ。だから、あの子も危ないかも。見かけに騙《だま》されないで、さっさと追い出しましょう。不審者が生きようが死のうが知ったことじゃないんですから」

さらりと残酷な科白《せりふ》を口にして、静江がスタッフルームを出て行く。まだ微かなコロンの残り香がした。生きようが死のうが知ったことじゃない。看護師が口にしていい科白ではない。

静江さん、オーナーの話を聞いた瞬間、どんな反応をしめすんだろう。

制服の後ろ姿を目で追いながら、ふっと考えてしまった。離婚して実家に戻り、二人の子を育てている静江の暮らしは、窮乏とまではいかないが、さほどのゆとりはないだろう。実際、「ここ以上にお給料のいい仕事があれば、すぐにでも転職しちゃうけどな。残念ながら、ここ以上の高給なんてちょっと、あり得ないもんねえ」と明菜を相手にしゃべっていたのを聞いたことがある。

千香子を除き、優太を加えれば、『ユートピア』内のスタッフは五人。中条の言葉が真実だとすれば、一人五億を相続することになる。

それを知ったとき、静江は、明菜は、由美は、優太は、そして野田村は、何を思い、どのように行動するのか。

千香子は息を詰め、その場に棒立ちになった。

おもしろがっている？

中条の異様な、常識外れの提案をおもしろがっている？　その異様さが何を引き起こすのか、観察できる立場をおもしろがっている？

震えが来た。

自分で自分が恐ろしい。

千香子は頭を振り、一度、固く目を閉じた。気息を整え、瞼《まぶた》をあげる。吸い込んだ息が身体を巡る。

看護師の制服の下にある肉体を、千香子ははっきりと意識した。

大丈夫、わたしは大丈夫。

呪文《じゅもん》のように唱えてみる。

大丈夫、わたしは大丈夫。わたしは、わたしを見失ってはいない。

千香子は診察室に入り、カーテンを開けた。仮眠室を覗《のぞ》く。
少年はまだ眠っていた。目を覚ます気配はない。
簡易ベッドの上で、寝息をたてている。
気持ちの良い音だと、感じた。
静かで穏やかなのに、生命のリズムが伝わってくる。
あぁやっぱり、若いんだわ。
自然と笑みが浮かぶ。心が軽くなる。
若く、生命に満ちた息遣いの何と心地よいことか。どうしてだか、ほっとする。
大丈夫。あなたを守ってあげる。安心していて。
胸の内で語り掛ける。見も知らぬ少年に波打つような庇護《ひご》欲を感じる。
なぜだろう。
窓ガラスが微《かす》かに鳴った。外に目をやる。
不穏な凍《い》て風が、木々の梢《こずえ》を揺らしていた。
談話室は、静まりかえり、身じろぎの音さえ聞こえそうだった。
誰も何も言わない。
島村由美と大島優太は口を一文字に結び、中条を見詰めていた。西船静江と伊上明菜は顔を見合わせたまま、動かない。野田村義明は、ぼんやりと曖昧な視線を宙に彷徨《さまよ》わせていた。

「……以上が、ぼくからきみたちへの申し出だ。むろん、強制などしないし、できもしない。道路が通行可能になったら、すぐに弁護士を呼びよせ、正式に遺言状の作成にかかる。辞退者はそれまでに名乗り出ておいてほしい」

静江が紅潮した顔を左右に振った。

「五億円を辞退するなんて……そんな人、いるわけありません」

「どうかな。それはわからんよ。それに、西船くん。この国では相続には税金がかかる。五億全てがきみのものになるわけじゃない。そのあたりは、ちゃんと心得ておくんだな」

「それでも」

赤らんだ顔のまま、静江が吐息を漏らす。

「ものすごい額です。あたしたちにとっては」

「では、きみは辞退しないというわけだ」

「もちろんです。こんな夢みたいな話を断るほど、あたし、馬鹿じゃありません」

「オーナー」

手が挙がる。優太だった。

「質問があるんですが」

「どうぞ」

優太が立ち上がる。静江とは違って、血の気のない青白く緊張した面持ちだ。隣に座る由美も同じような顔色をしている。

「あの……万が一ですが、万が一、辞退者が出た場合、残った者の取り分はどうなるんでしょうか」

由美と静江が左右から同時に、優太を見上げた。

「その場合は、辞退者を除いた人数で分けることになる。しかし、仙道くんだけは例外だ。仙道くんが辞退した場合、『ユートピア』の経営も含め、相続に相応《ふさわ》しい人物を新たに探すことになる。辞退者の有無によって、仙道くんの相続分は変動しない。また仙道くんが辞退したとしても、きみたちの取り分は変わらない」

静江が身を乗り出した。

「看護師長だけは特別というわけですか」

「そうだね」

「どうしてですか。どうして、看護師長だけ特別なんです」

「仙道くんなら『ユートピア』を任せられるからだ」

「あたしたち他のスタッフでは任せられないとおっしゃるんですか」

「プロとしての能力と意識が違うからね」

静江が顎《あご》を引く。何か言いかけた口を閉じ、そのまま深く椅子に座り直した。優太も崩れるように、腰を下ろす。

「他に質問は」

白衣の腕が挙がった。

「野田村くん、なんだね」

野田村は座ったまま、背筋だけを伸ばした。

「何でこんなことを思いついたんです」

核心を衝《つ》いた問いに、中条と野田村を除く全員がほとんど同時に、身じろぎした。

「赤の他人の我々に巨額の財産を譲るなんて、普通では考えられない話です。ぼくは、オーナーの真意が知りたいですね」

千香子と同じ違和感を野田村も覚えていたのだ。いや、きっとここにいる誰もが感じているだろう。野田村は全員の胸の内を代弁したに過ぎない。

真意が知りたい。

うーむと中条が唸《うな》った。

「真意と言われてもなあ。ぼくは、包み隠さず話したつもりだが。そうだな、ぼくはまもなく死を迎える病人、きみたちはまだ死からは遠く隔たっている健康体。そのあたりの感覚の差があるかもしれないな」

中条は視線を室内に巡らせ、考え込むように瞬《まばた》きを繰り返した。

「そう、ぼくが健康であったら、こんなこと思いもつかなかっただろう。ただ、残念ながら、ぼくの余命は限られてしまった。知っての通り、ぼくには家族はいない。財産を遺《のこ》すべき相手がいないわけだ。きみたちのように身体が健康なときはそんなこと、気にもしていなかった。自分の今が充実していれば、それでいい。死んだ後などどうでもいいと思っていた。けれど、病が身体に巣くい、死から逃れられないことが明白になったとき、正直、愕然《がくぜん》としたんだ。ぼくの築いたものを全て国に譲渡することになるなんてあまりに理不尽だと、慌てたわけだ。焦ったと言い換えてもいいかもしれない。そこで、考えたのがきみたち『ユートピア』のスタッフだったのだ。『ユートピア』はぼくの夢の場所、ぼくにとっての最後の安息の地なんだ。そこを支えてくれるスタッフに財産を遺したいとの考えに行き着いた。それはやはり、一般的な常識からは逸脱しているものなのかね。正直、ぼくは、よくわからんよ。ぼくは、自分の心に正直に、素直に従って、ことを決定したつもりだが、うーん、きみたちからすれば奇異に映るのかもしれんな」

中条の口吻《こうふん》は真摯《しんし》で、率直だった。

由美が俯《うつむ》き、そっと目尻《めじり》を拭《ぬぐ》う。明菜も静江もうなだれ、神妙に聞き入っていた。

「わかりました」

野田村がテーブルの上で指を組む。

「出過ぎた質問をしてしまったようで、申し訳ありませんでした」

「いや、当然だろう。ここで腹を割って話しておかないと、後々問題が起こるかもしれん。しかし……ふむ、少し疲れたな。このごろ、とみに体力が低下しているのでね。悪いが、ここでぼくは退出させてもらおう。きみたちも、それぞれの持ち場に戻ってくれ。仙道くん、後を頼むよ」

「わかりました。お部屋までお送りいたします」

「エレベーターまでで、けっこうだ」

中条が立ち上がる。確かな足取りで部屋を出て行く。千香子はその一、二歩後ろを歩いた。煩わしさを相手に与えず、何かあればとっさに手を差し伸べられる距離だ。

「仙道くん」

エレベーターの前で中条が振り向く。目の下にうっすらと隈《くま》ができている。本当に疲れ切った顔だった。

「きみは、金で買えないものは、案外多くあると言ったね」

「はい。申し上げました」

「きみの言うことは一理あるかもしれん。しかし、金が解決してくれることも、案外、あるものだ。おそらく、きみが考えているより、ずっと多くね」

中条が鍵《かぎ》を差し込み、エレベーターを稼働させる。扉が開く。乗り込もうとした中条がふらつき、壁に肩をぶつけた。

「オーナー、やはり部屋までお送りします」

「いや、だいじょうぶだ。少し、眩暈《めまい》がしただけだから心配はいらない。それより、後のことは頼むよ。みんなが浮つかないように、気を配ってくれ」

「はい」

「きみが、新オーナーとして『ユートピア』を管理、運営してくれることを心から願っている」

「それは……」

中条の手が伸びる。あっという間もなく手首を摑《つか》まれていた。熱い指が食い込んでくる。

「オーナー、何を！」

中条が千香子の腕を引っ張り、指先を口に含んだ。迸《ほとばし》りそうになった悲鳴を千香子は辛うじて抑え込む。男の熱っぽい舌が指にからみついてきた。ぴちゃぴちゃと音をたてて吸い、舐《な》める。

「止めてください。止めて」

腕を引こうとしても、動かない。万力で固定されたかのように、自由を奪われていた。さっきまでふらついていた病人とは思えない力だ。

「放してください。いやっ、止めて」

身体を屈《かが》め、中条にぶつかっていく。手首の力が緩んだ。千香子は全身の力を込め、腕を振った。中条がよろめき、尻もちをつく恰好《かっこう》でエレベーターの中に倒れ込んだ。

音もなく扉が閉まる。

閉じ切る瞬間、中条の唇が動いた。何かを呟《つぶや》く。そして、千香子を見る。恐怖が千香子の身体を真っ直ぐに貫く。

恐ろしい眼だった。

弛《たる》んだ皮膚に埋め込まれた眼は、赤く濁りおどろおどろしくさえあった。しかし、千香子に恐怖を与えたのは色でも形でもなく、底光りだった。得体の知れない感情を含み底光りする眼。恐ろしい。怖い。

悪寒がする。カチカチと奥歯が鳴った。

吐き気もする。気分が悪い。身体も心も闇に引き摺《ず》り込まれていく。

「仙道さん」

声を掛けられた。ほとんど無意識に小さな叫びを発していた。自分でも驚くほどしわがれた老い声だった。

「どうしたんです？　何かありましたか」

「先生……」

野田村が白衣を手に立っていた。

「顔色が真っ青じゃないですか。オーナーに何か言われたのですか」

「いえ……何も。ちょっと、疲れていて」

野田村に気付かれないように、唾《つば》を飲み下す。ひどく、苦い。

「仙道さん、今日は一日、フル稼働って感じでしたからねえ。しかも、昨夜は当直でほとんど眠っていないんでしょう。疲れもするでしょうね。点滴でもしますか」

「大丈夫です。先生もお休みになるんですか」

「ええ。一眠りしてきます。オーナーの毒気に中《あ》てられたのか、頭がぼんやりしてしまって」

野田村は密《ひそ》やかに笑い、肩を揺すった。

「みんな、どうしてますか」

「それぞれに動いてますよ。伊上さんは朝食の下ごしらえをするそうだし、西船さんは当直の準備をしています。優太くんと島村さんは、手分けして施設内を見回った後、少し眠ると言ってました。さすが『ユートピア』のスタッフですね。みんな冷静に、自分の為《な》すべきことを為していいる。オーナーじゃないが、実に優秀な人たちだと感心します」

「それは、先生も同じです」

「そうだといいのですが。ぼくはどちらかと言うと怠け者の部類ですからね。いざというとき、実は、あまり頼りにならない気がするな」

梅乃ではないが、野田村の穏やかな笑顔は鎮静効果があるようだ。乱れた感情が徐々に凪《な》いで行く。

「わたしは頼りにしてます。先生は本当に頼りになる方ですもの」

「はは。仙道さんにそこまで言われると自信になるなあ。お世辞でも嬉《うれ》しいもんだ」

「わたしは、お世辞なんか言いません。本当のことです」

「ええ、そうですね。あなたは、お世辞や嘘など、口にしない人だ。だから誰からも信用されるのでしょう」

「煙たがられもしますけど、ね」

野田村が微苦笑を浮かべた。何とも答えようがないという表情だ。おかしくて、千香子もまた微笑んでいた。

「仙道さん、今度のこと、一度、ゆっくり話し合いたいですね。正直、今はまだ、頭が混乱して上手《うま》く思考できない状態ですが」

「ええ、わたしからもそうお願いしようと思っておりました。いずれ、いえ、できれば明日《あした》にでも。けれど今はともかく、お休みになってください。お引き留めしてすみませんでした」

「仙道さんも、早くお休みなさい。体力が消耗しないうちに休息を取らないと、倒れてしまいますよ。あなたが倒れたら、『ユートピア』は立ち行かなくなる。これはお世辞じゃありませんよ。ぼくも、お世辞は言えない類《たぐい》の人間なんで。ぼくはそんなに煙たがられてはいないみたいだけど」

「ま、先生ったら」

野田村は笑んだまま千香子の肩を叩《たた》いた。

え？

一瞬、身体が硬直した。

微《かす》かな甘い香り。

コロン？

西船静江と同じ匂いだ。

え？　どうして？　まさか……。

「ああ、そうだ」

千香子の傍らを数歩行き過ぎて、野田村は立ち止まった。振り返る。もう笑っていなかった。

「西船さんに聞いたのですが」

「あ、はい」

「仮眠室に若いお客がいたそうじゃないですか」

「え？　あ、そうです。崖崩《がけくず》れに遭遇したらしく、泥だらけでここに辿《たど》り着いたみたいで、放っておけなかったものですから」

「当然の判断です。そのことをオーナーには？」

「報告していません。些細《ささい》なことを一々、報告する必要はないと言われています」

「なるほど。煩わしいことは全て、仙道さんに押し付けているわけか。あの人らしいな。で？　そのお客はどこにいるんです？」

「それが……いなくなってしまって……」

「いなくなった？」

少年は消えてしまった。

千香子が三度目に覗《のぞ》いたとき、仮眠室には誰もいなかった。簡易ベッドはきちんと整頓《せいとん》され、使った形跡はほとんど見当たらない。ここに人が寝ていたとは思えないほどだった。

「じゃあ、目下、行方不明というわけですか」

「はい。施設内を捜してみたのですが、見つかりませんでした」

「まだ高校生ぐらいの少年だったそうですね。今風のきれいな顔立ちだったと西船さんは言ってましたが」

静江さんは、そんなことまでしゃべったの。

ほんの一瞬だが、野田村と静江が身体を寄せ合い秘密めかして、けれど楽しげに囁《ささや》き合っている場面が見えた。

まさかね。

千香子は軽く唇を噛《か》んでみる。

まさか、そんなこと……考え過ぎだ。

胸の奥がざわついた。

嫉妬《しっと》ではない。さっき口にした言葉どおり、野田村を頼りにしているし、信頼もしている。けれど、それらは恋慕とも肉欲とも遥《はる》かに隔たった感覚だった。仲間意識に近いかもしれない。

野田村が誰と恋愛関係になろうとも、結婚しようとも動揺などしない。落胆もしない。むしろ、心底から祝うだろう。好ましい仲間が幸せになってくれるなら、幾らでも言祝《ことほ》ぎたい。

だから、千香子の胸を騒がしたのは、嫉妬などではないのだ。違和感だった。やはり、違和感だった。静江と野田村の組み合わせに、どうしようもなくちぐはぐさを覚えたのだ。それは不穏なざわめきに変じ、千香子を落ち着かなくさせる。

「しかし、この状況で外に出て行くってことも考え難《にく》いですねえ」

野田村の視線が窓に向けられた。

漆黒の夜を背景にした窓ガラスに野田村と千香子が映っている。どちらも人形を思わせるほどに無表情だった。

半分枯れかけた一葉が張りつき、すぐに風にさらわれていった。雨粒がぶつかり、雫《しずく》となって流れて行く。

幾筋も、幾筋も。

天候は本格的に荒れ始めていた。

「そうですね。建物の中にはいると思うのですが」

「落ち着いているんですね。仙道さん」

「わたしが、ですか？」

「そうですよ。『ユートピア』の中に少なくとも一人、不審者が紛れこんでいるということでしょう。それは、結構、大事《おおごと》じゃないでしょうかね。なのに、あなたは、さして慌てもせず何の手も打とうとしない。いつもの仙道さんなら、もっと迅速に手際よく、何か有効な手立てを講じたはずですが」

野田村の言葉は聞き様によっては、千香子への非難とも取れた。正鵠《せいこく》を射た非難だ。

少年を『ユートピア』内に招き入れたのも、仮眠室での休息を与えたのも千香子だ。千香子一人の判断だった。その少年の姿が見えないのに捜そうともしない。非難されて当然だった。

「仙道さん、誤解しないでくださいよ。ぼくはあなたを責めてるわけじゃない。仙道さんが慌てる必要はないと判断したのなら、慌てる必要はないのでしょう。ぼくはただ、仙道さんがどうしてそんなに落ち着いて何もしないんだろうと、ちょっと……そうですね、ちょっと興味を持っただけです」

野田村は千香子に向かって、僅《わず》かに身を屈《かが》めた。

「で？　どうしてなんです？」

「それは……」

どうしてだろう？

野田村にも自分にも説明できない。

「わかりません」

千香子は正直に答えた。

「自分でもよくわからないんです。でも、慌てなくてもいいって思っちゃったんです。あの子は多分、わたしたちに害を、どんな形でも害を及ぼす子ではないんです」

「知り合いじゃないんでしょう」

「ええ。今日、初めて出会いました」

「まったく面識のない相手なのに、言い切れるんですか」

「はい」

言い切れる。

あの少年の素性も正体も不明のままだが何も案じることはない。心配しなくていい。どうしてですか？　と野田村は重ねて問うてはこなかった。納得した証《あかし》に一度うなずき、去っていった。

千香子は一人になる。

一人で風の音を聞く。

指の先が鈍く疼《うず》いていると、気が付いた。中指の腹に血が滲《にじ》んでいる。中条の歯が裂いた傷だろうか。唾液《だえき》で濡《ぬ》れた指先が電灯の下でぬめぬめと光る。ほんとうに、ぬめぬめと。

スタッフルームに駆け込む。薬用石鹸《せっけん》を思い切り泡立て指を一本、一本、丁寧に洗った。洗っても、洗っても、ぬめぬめとした光は消えない気がした。

オーナーはなぜ、あんな真似をしたのだろうか。

洗いながら考える。あれは死を間近にした男の性の揺らぎなのだろうか。それを拒んだから、得体の知れない恐ろしい眼差《まなざ》しを向けられたのだろうか。

「看護師長」

　背後から呼ばれた。

　振り向くと、西船静江がこちらを見詰めていた。今日は、本当にぼんやりしている。

　手を洗うのに必死になっていたから、静江の気配を察知できなかった。今日は、本当にぼんやりしている。

「手が汚れたんですか」

「え？　あ、うん。そうね……とても汚れちゃって。洗っても洗っても落ちないような気がして」

「強迫行為みたいですね」

　静江が千香子の手元を覗き込む。

「でも看護師長が強迫観念なんかに落ち込むことないか」

「静江さん、相変わらず言いたいこと言うわねえ」

　笑ってしまう。いつもは腹立ちさえ覚える静江のあけすけな物言いが、今夜は好ましく感じられる。

　静江が舌を覗かせた。

「そうなんです。それで、しょっちゅう失敗してるのに、我ながら学習できないっていうか、懲りないいんですよねえ。てか、生まれつきの性分なんだもの、仕方ないですよねえ」

「でも、時と場合を考えてね。特に、入居者の方々には気を配ってものを言うのよ」

「わかってます。あたし、今度は絶対に失敗したくないですから」

静江の眼差しが引き締まる。

「看護師長、オーナーは本気なんでしょうか。本気であたしたちに、五億も遺《のこ》してくれるんでしょうか」

「さぁ、わたしには何とも――」

静江は視線を横に逸《そ》らせると、ぼそぼそとしゃべり始めた。

「あたし、肝心なところでいつも失敗しちゃうんです。いつも、そうなんです。結婚だってそうだし……失敗して、苦労ばっかり背負《しょ》い込んで、ほんと、馬鹿みたいな人生だって、いつも言われて、あたしもほんとにそうだって思ってて……、でも、今度は失敗したくないんです。こんな幸運が転がり込んできたのに、もう二度と失敗したくない」

「静江さん」

「あたし、ここから出られなくなったとき、家に帰れないってわかったとき焦りました。母に子どもを預けてるんです。母は腰が悪くて子ども二人の面倒をみるの、とっても大変なんです。子どもたちだって、あたしが帰らないと心細いでしょ。心配です。

今でも心配でたまりません。あたし、『ユートピア』に閉じ込められたの不運だって思いました。貧乏籤《びんぼうくじ》ばかり引くって自分を呪いたくなったぐらいです。でもでも、違いました。不運どころかものすごい幸運に繋《つな》がってたんですよね。魔法のような幸運です。こんなこと、あたしの人生で最初で最後ですよ、きっと」

熱に浮かされたように、静江はしゃべり続ける。

「看護師長、あたし、お金が欲しいんです。前の夫の借金の保証人になってて、あたし自身が借金、背負い込むことになっちゃって。ほんと馬鹿でしょ。馬鹿なんです、あたし。だから、今度こそ今度こそ、この幸運を逃したくないって思って。子どもたちのためにも、あたし、今度は」

「静江さん」

強い口調で静江を窘《たしな》める。静江が口をつぐみ、泣きそうな眼で千香子を見た。

「しっかりなさい。今はオーナーの話より自分の仕事を考えるときでしょう。あなたがどんなときも、冷静に仕事に向かい合える看護師だからこそ『ユートピア』のスタッフに選ばれたんでしょ。それを忘れないで」

「……はい」

「あなたは馬鹿なんかじゃない。優秀な看護師よ。わたしには、わかっているわ」

「看護師長」

「あなた、焦ったと言ったわね。子どもさんたちのことが心配でたまらないって。それは本音よね」

「本音です」

「でも見せなかったでしょ」

静江が問うように瞬《まばた》きをした。

「ミーティングのとき、心配や焦りを全然見せなかったじゃない。特別手当のことは質問したけどね。あなたは看護師が仕事場で動揺を見せちゃいけないって、わかってるのよ。わかってその通りに行動した。一流のプロの証でしょ」

静江の背筋が伸びる。唇が一文字に結ばれた。

「今日の当直、しっかり頼みます。ほんとは二人態勢でやりたいんだけど、今回は無理だから」

「はい、承知しています。これから由美さんから引き継ぎをして、ちゃんとやります」

「お願いね。何かあったらすぐに連絡して」

「はい」

静江が軽やかな足取りでスタッフルームを出て行く。その後を追うように、風音が一際、高くなった。

夢を見た。

目が覚めたとたん、どんな夢か忘れてしまった。

故郷の夢だったような気がする。

雲の湧く夏空を見たようにも、音もなく散る紅葉《もみじ》を見たようにも、降りしきる雪を見たようにも思うけれど、確かではない。

でも、怖い夢ではなかった。それだけは確かだ。

起き上がる。

それを待っていたかのようにドアがノックされた。

「看護師長、仙道さん、仙道さん、起きていらっしゃいますか」

島村由美の声だ。

「あっ、はい」

とっさに時計を確認する。

午前六時四十五分。

外はまだ、明けきっていない。それでも鳥たちの啼声《ていせい》は、はっきりと聞こえていた。

いつもより寝坊してしまった。ただ、静江と交代するのは午前八時の予定だ。まだ十分に時間がある。

何かあったんだわ。

入居者、一人一人の顔が浮かんでは、消える。

誰かの容態に異変があったのだろうか。

冷気が身に染みた。パジャマの上にカーディガンを羽織り、ドアを開ける。

由美はきちんと制服を着て立っていた。目が心なしか充血している。

「お休みのところをすみません」

「いえ。構わないわ。どうしたの？」

「あの……静江ちゃんがいないんです」

「静江さんが？」

「はい。あの、わたし、昨夜は眠れなくて。やっぱり、あの、興奮していたんだと思います。いろんなこと考えちゃって、どうしても眠れなくて、雨や風の音も気になったし。それで、思い切って起きたんです。眠れないなら仕事をしようって」

由美らしい発想だと思った。麓《ふもと》の農家の三女に生まれたという由美は、根っからの働き者なのだ。

「それで着替えて、スタッフルームに行ったら」

由美が見上げてくる。縋《すが》りつくような眼差《まなざ》しだった。

「静江さんがいなかった？」

「はい。最初はお部屋の巡回かと思って気にもしてなかったんですが、一時間経っても帰って来ないし、一応、二階三階を捜してみたんですがいなくて……、何だかちょっと気になって」

「由美さんがスタッフルームに行ったのは、何時？」

「五時ちょうどぐらいでした」

「そのときは、もう静江さん、いなかったのね」

「はい。明かりだけは点《つ》いていましたけど、無人でした」

「わかった。わたしも着替えてすぐに行きます」

「すみません。騒ぐほどのことじゃないんでしょうけど、何だか気になってしまって」

「いいのよ。どうせ、起きなくちゃいけない時間なんだから」

部屋に戻り、手早く着替えを済ませる。

静江に対する腹立たしさが募ってくる。

あれほど言ったのに、なぜ、わからないのだと。

プロの看護師が、自分の持ち場を仕事以外の理由で長時間離れるなど許されるわけがない。しかも、静江は一人で当直していたのだ。スタッフルームに待機していなければ、緊急事態に対応できないではないか。由美が言うように朝五時から戻っていないのであれば、厳重に注意する必要がある。看護師の職務怠慢は、患者の命に直に関わってくるのだ。

もしかしたら、男のところにいるのかもしれない。

コロンの匂いがよみがえる。

あのオーデコロンをつけて、静江は男の許《もと》に忍んで行ったのではないか。

千香子はわざと音高く舌打ちをしてみた。

スタッフルームには由美が一人、途方に暮れたように佇《たたず》んでいる。頬には血の気がなかった。

窓の外が眩《まぶ》しい。

白く輝いている。

雨は明け方近く雪に変わり、かなり積もったのだ。夜の雪は融《と》けぬまま、地上を覆っていったのか。

室内を見回し、千香子は、由美が何に不安をおぼえたのかやっと理解できた。

真ん中にあるテーブルの上に日誌とマグカップがある。アニメのキャラクターがプリントされたカップは、静江自身の物だった。中にはコーヒーが半分ほど入ったままになっている。むろん、冷めきっていた。日誌は広げたままで、ボールペンが傍らに転がっていた。

「おかしいわね」

呟《つぶや》いていた。

まるで急に呼び出されて、慌てて飛び出して行ったみたいだ。飛び出して行ったきり、戻って来ない。

どくん。

鼓動が強く、速くなる。

どくん。どくん。

「看護師長、どうしましょうか」

「そうね。館内放送で静江さんを呼び出してみて」

「この時間帯にですか。入居者のみなさん、まだお休みになっていますけど」

「構わないわ。すぐにお願い」

「はい」

『ユートピア』において最も優先させるべきは、入居者に可能な限りの快適な環境を提供することだ。冬の早朝の放送は、『ユートピア』の理念からは逸脱している。それでも、敢《あ》えてやる。

「業務連絡いたします。看護師の西船静江さん、看護師の西船静江さん、至急、スタッフルームに戻ってください。繰り返します。看護師の西船静江さん、西船静江さん、至急、スタッフルームに戻ってください」

由美の声が館内に流れた。

しかし、三十分経っても、静江は現れなかった。そろそろ、入居者たちが起きてくる時間だ。明菜はもう厨房《ちゅうぼう》で朝食の準備にとりかかっているだろう。もう一度、静江を呼び出す放送を流す。それを聞いてスタッフルームにやってきたのは、優太と野田村だった。

事情を話し、手分けして静江を捜すことにする。

「由美さんは館内をくまなく捜してみて。わたしと優太くんは外を見て来ます。先生はスタッフルームで待機していただけますか。ここを空っぽにするわけにはいかないので」

「わかりました」

野田村が首肯した。

もし、静江が野田村の部屋にいて、騒ぎが大きくなったために出るに出られなくなっているとしたら、今の間に、自分たちがスタッフルームから離れている間に、野田村と相談し、何とか取り繕って現れて欲しい。

千香子はそこまで考えていた。しかし、野田村はいつもと変わらぬ態度と雰囲気で、入居者たちの電子カルテを確認し始めた。

現れて、早く出て来てよ、静江さん。

胸のざわめきを抑え込み、優太と外に出る。

「どこを捜しますかね」

「わたしは裏手を見てくる。優太くん、駐車場のあたりをお願い」

「了解です。けど」

「けど?」

「こんなに必死にならなくてもいいんじゃないですか。静江さんって気紛《きまぐ》れで、いいかげんなとこあったから、朝飯の時間になったらひょっこりどこかから出てくるってのも十分考えられますよ。仙道さん、騒ぎ過ぎじゃないですかねえ。ちょっと、らしくないなぁ」

「そう? わたしの騒ぎ過ぎならいいんだけど」

優太と別れ、雪の中を歩く。

新雪は柔らかく、雨靴がずぶりずぶりと沈み込んでいく。かなりの積雪だ。正直、ここまで積もっていたとは想像していなかった。幻のように美しい晴れ間や陽光の後、凍《い》てついた季節が正体を露《あら》わにした。そんな風に感じてしまう。

寒い。

制服の上に防寒着を着込んではいるが、寒い。相当の冷え込みだ。この雪は本格的な冬の前触れなのだ。まだ、前触れに過ぎない。間もなく、『ユートピア』の周辺は白一色の雪景色になる。

「白は大好きな色よ。気高くて麗しいわ。赤や青を着こなすのは簡単だけど、白と紫はとても難しいの。この二色を着こなせて、初めて本物の大人の女と言えるの」

姫季凜子がそう言っていた。そのとき、凜子が身に着けていた深い紫のブラウスがあまりに美しく、よく似合っていたから、本気の称賛を伝えたときだ。

「仙道さんも、くすんだ色ばかり着ないのよ。あなたを見ていると自分で自分をくすませているみたいで、他人事《ひとごと》ながらがっかりするわ」

とも言われた。辛辣《しんらつ》な一言だったけれど、あぁ本当だなと納得できた。クローゼットの中に鮮やかな色合いの洋服は一枚もない。

くすんだ色ばかり着るからくすんでくるのか、くすんでいるから、ついくすんだ色を選んでしまうのか。

指先が疼《うず》く。中条がつけた小さな傷が存在を誇示するように疼き続ける。握り込み、ただ歩く。

凜子、中条、静江。

一人一人のことを考えながら進む。とりとめもなくあれこれ考えていれば、胸内の不安が少しは紛れる。

足が止まった。

「姫季さん？」

裏庭は一面に雪が積もり、どこが道なのか花壇なのか芝生なのか、まるで見当がつかない。

その白一色の世界の真ん中に凛子が立っていた。目が覚めるような紅色のセーターに黒いストールを巻き、やはり黒いロングスカートをはいている。ビロードだろうかたっぷりと布を使った贅沢《ぜいたく》なスカートは凛子が動く度に揺れて、煌《きら》めいた。明けたばかりの朝の日を浴びて、凛子は真っ直ぐに立っている。まるでスポットライトの中にいるようだ。

千香子は映画の一場面を思い出した。

凛子の主演した映画だ。優太から借りたDVDで観たのだ。タイトルは忘れた。ストーリーも細部はまるで覚えていない。正直、それほどおもしろいとは思わなかったのだ。ただ、あの一場面だけは記憶に強烈に焼きついて消えない。

凛子の演じる舞台女優が、自分を強請《ゆす》ろうとする男を殺害する（昔の恋人とか夫とか、そんな設定だった）。敏腕の刑事に追い詰められながら女優は最後の舞台にあがる（この刑事との間に恋に似た感情が交錯するのだが、そのあたりはおもしろかった）。そして、見事に主役を演じ切り、舞台袖《そで》で見守る刑事の前で毒を飲んで自殺する。いわば劇中劇を取り入れたミステリーだった。その最後の場面、大女優がスポットライトに照らされながら階段を下りてくる舞台上の場面が息を呑《の》むほどに美しかった。

姫季凜子が美しかったのだ。

階段を下りる。ただそれだけの動きが息を呑むほどに美しかった。圧倒されるように美しかった。足を前に出す。顔を上げる。胸に手を置く。そんな仕草一つ一つが堂々と、でも優美で儚《はかな》げでさえあった。

姫季凜子のために創られた映画だった。この映画の監督は、クランクアップの直後に凜子と結婚した。後に自死することになる四番目の夫だ。

今、雪の中に立つ凜子には往年の照り輝くほどの美しさはない。しかし、他を圧する貫禄《かんろく》と優雅さは少しも損なわれていなかった。

凜子は、大きく手を広げ、胸を張る。指の先まで神経の行き届いた仕草だった。張りと艶《つや》のある声が響いた。

「こうするしかなかった。ええ、これこそが運命だったの。わたしの運命、あの男の運命。あの男は運命に流され、わたしは運命を切り開いた。それだけの違いよ」

あの映画の科白《せりふ》だ。大女優が舞台の最後に口にする科白。脚本にはない科白で、水を打ったように静まり返った客席と慌てる舞台裏が映し出される。

「ええ、そうですとも。あなたの言う通り。この手は血で汚れているわ。でも、それがどうしたと言うの。わたしは後悔などしていない。わたしはわたしの心の命じるままに行動しただけ。今までずっとそうしてきた。これからも、ずっとそうするの。わたしは女優よ。わたしはわたしを演じ続けるの」

映画の中でも雪の中の現実でも、科白は朗々と響く。

千香子は見惚《みと》れていた。

静江のことも中条のことも、頭から消えていた。観客席で豪壮な舞台を見ている錯覚さえ味わっていた。

視界の隅で黒い影が動かなければ、千香子はそのまま凜子に目と心を奪われていただろう。

黒い影が動いた。

視線を移し、千香子は声をあげそうになった。

あの少年がいたのだ。

フード付きの黒っぽいコートをはおり、ジーンズを穿《は》いている。千香子と同じように佇《たたず》み、凜子を見ている。

少年の顔がゆっくりと回り、千香子の視線を受け止めた。

「まぁ、仙道さん。おはよう」

凜子が微笑みながら近づいてくる。

「あ、おはようございます」

「まさか、あなたに見られているとは思わなかったわ」

「あ、す、すみません。盗み見する気はまったくなかったのですが。つい、見惚れてしまって」

凛子の笑みが少し広がる。初々しい乙女のように頬が染まった。

「まぁ、ありがとう。あなたはお上手は言わない人だから、きっと本当に見惚れてくれてたのね。嬉《うれ》しいわ」

「そうです。惹《ひ》き込まれていました。とても美しくて。姫季さん、今のは映画の科白ですよね」

「ええ、そうよ。わたしのちょうど……八十本目、いえ八十五本目の主演映画での科白。こうやって時々、科白を口にすると心身がしゃんとするものだから」

「姫季さん、本当に女優さんなんですね」

「そうねえ。身体の芯《しん》まで俳優なのねえ。きっと息を引き取る寸前、いいえ死んでも俳優のままだわ。ふふ、それもまた、いいかもしれない」

凛子は白い息を吐き、おぉ寒いと身体を縮めた。

「温かいコーヒーでも頂きましょう。では、また後でね。仙道さん」

「はい、お気をつけて」

頭を下げながら、目は少年が立っていた場所を探る。

誰もいなかった。

雪片が光の粒になって風にさらわれていく。

どこに？

身体を起こしたとき、悲鳴が聞こえた。

優太の悲鳴だ。

驚くより、考えるより先に駆け出していた。

駐車場だ。

裏手に回り、駐車場へと走る。雪に足を取られ、二度滑りそうになった。二度目に辛うじて踏み止《とど》まり唇を嚙《か》み締めたとき、また優太の叫びが聞こえた。最初のものより、大きい。四方に響き、尾を引いて消えていく。

「誰か、誰か来てくれーっ」

叫び声は『ユートピア』の内側まで届いたらしく由美が、続いて野田村が裏口から飛び出してきた。

野田村が足を滑らせて尻《しり》もちをつく。由美の方は危なげない足取りで駐車場へと続く坂道を駆け下りて行った。ナースシューズを履いた足は、よろめきもしない。

「わたし、農家の仕事、散々手伝ってきましたから。足腰の安定は抜群ですよ」以前、由美が自慢していたとおりだ。

駐車場はスタッフ用と来客用に分かれている。来客用のスペースには当然ながら一台も車は駐《と》まっていない。スタッフ用の場所には、ワゴン車が二台に小型車が二台、送迎に使うマイクロバスが一台、並んでいた。

由美がマイクロバスと野田村のものである白のワゴン車の間に、真っ直ぐ走り込んだ。千香子も後を追う。その後ろに野田村が続いた。

「きゃあぁぁぁーっ」

悲鳴。今度は由美のものだ。

「いやぁぁぁっ」

由美が両手で顔を覆い、しゃがみこむ。その横で優太が棒立ちになっていた。瞬《まばた》きもせず、地上の一点を見詰めている。視線の先に、西船静江が仰向《あおむ》けに倒れていた。うっすらとだが雪に埋もれている。目も口も半ば開いたままだ。噛み切ろうとでもしたのか舌の先が歯の間から覗《のぞ》く。鼻から流れ出た血が固まって傷痕《きずあと》のように見えた。

「死んでる……」

優太が呟《つぶや》いた。

「静江さん……死んでるよ」

感情が全て抜け落ちた無機質な声音だった。

野田村が屈《かが》み込む。ややあって、千香子を見上げ白い息を吐いた。

「亡くなっています」

ささやきに近い小声だったのに、鼓膜に突き刺さってきた。

「おそらく、凶器はネクタイです」

野田村が告げる。いつも通りの落ち着いた口調だった。

スタッフルームのテーブルを囲み、スタッフが集まっている。

静江の死体を発見してから既に一時間以上が経っていた。

遺体にブルーシートを被《かぶ》せ、駐車場に立ち入りを禁止するロープを張る。警察と静江の家族に連絡をして、入居者たちの朝食の世話を済ませると、この時刻になっていた。入居者にはこの事態について一切、説明をしていない。する必要はないと千香子が判断した。

本心は、遺体を地下の霊安室に運びたかった。万が一、入居者の目に触れれば大きな衝撃を与えることになる。それを避けたかった。何より静江をいつまでも雪の中に放置したくない。あまりに哀れだ。しかし、野田村からはやんわりと、警察からは厳しく遺体の移動を禁じられたのだ。

「青いストライプのネクタイが静江さんの首に巻きついてました。静江さんは絞殺、つまり、ネクタイで絞め殺されたわけです」

明菜が真っ青な顔を俯《うつむ》けた。由美も同じような顔色をしている。

「因《ちな》みにそのネクタイはぼくの持ち物です」

場の空気が一挙に緊張した。野田村の淡々とした物言いだけは変わらない。

「二、三年前に購入したものかな。みんなもご存じの通り、ぼくはネクタイなんかめったにしないから、ロッカーの中にぶら下げていて、ずっと忘れてたやつです」

「ということは盗もうと思えば、誰でも盗めたというわけですね」

千香子が問う。

「そうです。ぼくはロッカーに鍵《かぎ》をかけたことがないので。そもそも、ロッカーを開けること自体、めったにないんですよ。まさか、ネクタイをこんな風に使われるなんて想像もしてなかったし。もっとも、自分のネクタイが殺人道具になるなんて、想像する男はまず、いないでしょうけどね」

野田村が薄く笑った。他の誰も笑わない。眉《まゆ》一つ、動かさなかった。明菜が身を乗り出してくる。

「看護師長、なんで……なんで、静江さんが……なんで、殺されたりしたんですか」

声が震えている。今にも泣き出しそうな表情だった。

「それを明らかにするのは、警察の仕事です。わたしたちには何もできないわ」

「警察は来るんですか」

「今日はまだ無理のようね。道路が復旧ししだい、すぐに来てくれるはず。それまで現場を踏み荒らさないようにって言われたの。みなさん、警察が来るまで駐車場には絶対に近づかないでください」

「言われなくても近づきません。静江さんが……殺されていた場所なんて、絶対に嫌。見たくもない」

明菜は首を振り、身を縮めた。

「それまで、わたしたちどうしたらいいんですか」

これは由美の質問だった。ショックで一時的に貧血を起こしていたが、口調はいつもの穏やかな調子を取り戻していた。

「普段どおりです。それぞれの仕事をやってください。静江さんが抜けた分、負担は増すと思いますが、通行が可能になって他のスタッフが来られるまで二日か三日、頑張って欲しいの。その分の代休はきちんと取れるようにしますから」

「ずいぶん、冷静だなあ」

優太が短く口笛を吹いた。

「さすが仙道さんと言いたいけど、そんなに冷静でいいんですか」

「どういう意味？」

「おれたちの中から次の犠牲者が出るかもしれないって意味です。あっ、仙道さんは別でしょうが」

由美と明菜が息を吸い込み、優太を見た。

「大島くん、今回のこの殺人、オーナーの遺産話がからんでいると、きみは思っているわけですね」

野田村が指を組み、優太に視線を向ける。

「そうですよ。みんなもそう思ってるでしょう。ここにいる全員がオーナーの遺産相続人だ。看護師長は別として、一人欠けるごとに、相続する遺産の額は増えていく。実際、静江さんが死んだことで、おれたちの取り分は一億以上増えたわけだから」

「優太くん、止めなさい」

「止めませんよ。だって次に殺されるの、おれかもしれないんだ」

「止めなさいって。何を言ってるの」

「仙道さんはこの中に殺人犯がいて、遺産の一人占めを狙ってる、その可能性を否定できるんですか」

「否定できます。この中に犯人なんていないわ」

「なぜです。看護師長にどうして言い切れるんですか。みんなを信じてるなんて青臭い科白《せりふ》、ごめんですよ」

「みんなを信じているからよ」

千香子は胸を張った。

「みんなの知性を信じているわ。みんなは、殺人がどれほど割に合わないものか、ちゃんと知っているはず。警察の捜査から逃げ切れるわけがないし、万が一、逮捕されなくても一生、殺人の記憶を背負って生きていかなくちゃならない。殺人鬼とかプロの殺し屋ならもしかしたら人を殺しても平気かもしれないけど、みんなは違うでしょ。平気でいられる？　殺人の記憶から逃れられる？　できないわ。きっと一生苦しみ続けるの。わたしはさっき、静江さんのお家《うち》に電話をしたわ。静江さんのこと、お伝えしなくちゃならないから……。最初、息子さんが出たの。まだ四歳の子どもよ。『はい、西船です』って、ちゃんと電話に出て……。犯人は四歳と二歳の子どもから母親を奪ったのよ。年とった母親から娘を奪ったの。そう考えてごらんなさい。平気で素知らぬふりができるの？　みんな」

誰も答えない。

「はい、西船です」。言葉を失ったかのように黙り込む。幼い子どもの声だった。母親の死を知ったら、どれだけ悲しむか、苦しむか。

何て惨《むご》い現実なんだろう。

「それに、それにね、この中に犯人がいるなら、遺産目当てで静江さんを殺したのなら、優太くんの言うように次も誰かを殺さなきゃならない。その次も、そして自分一人だけが残るわけ？　わたしが犯人ですって公言してるようなものじゃない。みんながそこまで馬鹿だとは思いたくないわね」

野田村が小さく噴き出した。

「言うもんですね。確かに仙道さんの言う通りだ。遺産を一人占めしようとしたら、一人で四人の人間を殺さなきゃならない。それは幾らなんでも無理でしょうねぇ」

「じゃあ、犯人は外から来たんですか」

由美が血の気のない顔のまま、呟く。

「この状況では外から誰かがやってきて、静江さんを殺したって……そんなの、考えられないじゃないですか」

外からやってきた人物。外部の人間。

千香子の脳裡《のうり》にさっき見た少年の姿が浮かんだ。

あの子が現れてから『ユートピア』は変わり始めた。少しずつ、でも、確実に変わり始めた。そんな気がする。

視線を感じ、顔をあげる。

優太の眼とぶつかる。

優太はむろん、あの少年のことを知っている。

なぜ、あいつのことを言わないんですか。

眼差《まなざ》しがそう問いかけているようだ。けれど、千香子は口を開かなかった。

少年は無関係だ。静江を殺してはいない。

何の根拠もなかったけれど、確信できた。

あの子ではない。

あっと叫びそうになった。今ごろ気が付いた。

少年はフードの付いたコートとジーンズという恰好《かっこう》だった。スタッフ用の制服ではなかった。どこで着替えたのだろう。着替えられる場所と衣服があったのか。

ブザーが鳴った。

四〇一号。中条からだ。

由美を制し、千香子が立ち上がる。

「はい。お呼びですか」

「仙道くんか」

「はい」

「今日の昼食は野菜ジュースだけでいい。夜は温かなスープとアイリッシュコーヒーを頼む」

「かしこまりました。オーナー、もしかして体調が優れないのでは」

「問題ない。いささか食欲がないだけだ」

そこで、唐突に中条は笑った。濁った笑い声がスタッフルームに響く。

「弁護士が来て、遺言状の作成が済むまでは死ねないからな」

「オーナー、そのことでご報告しなければならない事態が発生いたしました。只今《ただいま》から、お伺いしてもよろしいでしょうか」

「何かトラブルでも？」

「はい」

トラブルは全てきみが処理しろ。

中条からはそう言い渡されてはいるけれど、報告だけはしておかねばならないだろう。スタッフの一人が殺されたのだ。『ユートピア』の敷地内で殺人が行われた。トラブルの一言で片づけられる事態ではない。

「わかった。五分以内に来たまえ」

「はい」

千香子がテーブルに戻るのを待っていたかのように、野田村が腰をあげた。

「ぼくも一緒に行きますよ。ついでに中条さんを診察しますから。食欲がないというのは、あまりいい状態ではないですからね」

「では、診療器具を用意してきます」

心底から安堵《あんど》した。我知らず息を吐いていたほどだ。

一人で中条に会いたくない。それが、本音だった。指先がずくずくと疼《うず》く。絡みついてきた舌の感触を思い出し、背中が寒くなる。

先生、もしかしたら見ていたのかもしれない。

あのエレベーター前での中条の行為を、野田村は見ていた。そして、そっと助け船を出してくれたのではないか。

「わたし、昼食の準備をしなくちゃ」

明菜も立ち上がる。プロの調理師だという意識が今の明菜を支えているのだろう。

「なるべく一人で行動しないようにしましょう。明菜さん、わたしが帰ってくるまで、ここにいて」

「はい」

明菜もほっと息を吐き出した。

「殺人？　西船くんが殺された？」

中条はさほど驚きはしなかった。ほとんど関心がないように見受けられた。野田村の診察を受けながら、時折、心地よさそうに目を閉じたりしている。

「それは気の毒に、な」

気の毒？　オーナー、人が一人殺されたんですよ。

「西船くんも運がなかったな。じゃあ、遺産相続人の数を減らさなきゃならんわけだ。

そうだ仙道くん、警察が来ても、ぼくを呼んだりしないでくれよ。きみが全て対処するんだ」

千香子より先に野田村が答えた。

「しかし、警察は事情聴取をしますよ。いくらオーナーだからといって特別扱いはしてもらえないでしょう」

ふんと鼻を鳴らし、中条は千香子に視線を向けた。

「と野田村先生は言ってるが、どうするね、仙道くん」

「オーナーは具合が悪く、とても応じられる状態ではないと伝えておきます」

「はは、さすがの対応だな。さてと先生、もうよろしいかな」

野田村が聴診器を外し、軽く点頭した。

「いいですよ。中条さん、もう少し運動をなさった方がいい。少し胃腸の動きが鈍くなっているようだ。万が一、腸閉塞《ちょうへいそく》を起こしたら」

「起こしたら、死ぬかね」

「いや、そこまでは。ただ体力を消耗するのは確かです。身体に障りますよ」

「この身体、あと半年もつと思うかね」

「十分に」

「一年は？」

「かなり難しいですね。可能性は十パーセント以下です」

「患者に向かって、ずいぶんとはっきり言うね」

野田村が聴診器を軽く振った。

「誤魔化した答えなど望んでいらっしゃらないでしょう」

「確かに。いや二人とも御苦労だった。ぼくは一眠りする。仙道くん、夕食はいつもどおり午後七時に運んでくれ」

「はい」

一礼して部屋を出る。

ドアのところで振り向くと、中条は窓近くに立ち、雪景色を眺めていた。

午後五時四十五分。千香子はパソコンの画面に見入っていた。

調べたいことがあったのだ。機械の操作は嫌いだ。技術云々《うんぬん》ではなく気分的に苦手なのだ。人よりはよほど扱い易いのは確かだけれど、息遣いも表情もない相手と向かい合っていると、知らぬまに首や肩が凝り固まってしまう。しかし、今は凝りを感じるゆとりはなかった。

「……やっぱり」

独り言《ご》ちる。

やっぱり、そうなのか。

「何が、やっぱりなんです」

背後からの声に、千香子は文字通り飛び上がった。とっさに手が動き、パソコンをオフにする。

「あれ？　なんすか？　仙道さん、怪しいサイトとか覗《のぞ》いてたとか」

「優太くん、驚かさないでよ。いつのまに後ろにいたの」

優太が肩を竦《すく》め、にやりと笑う。しかし、すぐに真顔に戻る。

「仙道さんが一人でいたもんで気になって」

「心配してくれたの？　ありがとう」

「いや、礼とか言われると困るけど。それより、仙道さん、何を見てたんです。けっこう険しい顔してたけど、また、新たなトラブルとか？」

「怪しいサイトよ」

「へ？」

「気休めに、ちょいと怪しげなサイトを覗いてたの」

「またまた、冗談を。そんな顔付きじゃなかったです」

自分の頬にそっと触れてみる。心なしか強張《こわば》っているようだ。

「何を見ていたんです」

優太が一言一言押さえるような強引な口調に変わった。

顎《あご》を引き、若者を見上げる。

「気になるの？」

「気になります。あんな顔の仙道さん初めてだから」

「そんなに怖い顔してた？」

「え？　あぁそうですね。正直ちょっとぞっとしました」

「美しさにぞくりじゃなくて、怖くてぞっとしたわけね。ちょっとショックだな」

「仙道さん、茶化さないで下さい。おれは本気で心配して」

「プライベートよ、優太くん」

ぴしゃりと言い切る。こういう物言いがこの若者にはよく効くことは経験から知っている。

「あなたの口出しすることじゃないわ。ちゃんと弁《わきま》えて」

優太が目を伏せた。

「すみません。つい……あんなことがあったんで……」

「あんなことがあったからこそ冷静でいて。いつもの優太くんなら、こんなに執拗《しつよう》じゃないでしょ」

「はい。気をつけます」

頭を下げ、優太が出て行く。千香子はもう一度頬に触れてみた。

どんな顔をしていたのだろうか。優太が見咎《みとが》めるほどの顔をしていたのだろうか。

すでに日は暮れた。闇がまた『ユートピア』を包む。千香子は、窓ガラスに映った自分を見詰め続けていた。


午後七時の五分前。野菜のたっぷり入ったスープとアイリッシュコーヒーを盆に載せ、千香子は少し迷っていた。

二〇二号室の水原が軽い眩暈《めまい》を訴えたので、野田村は様子を見に行っている。由美は一人で各部屋を見回っていた。明菜は夕食の盛り付けと給仕を優太と共に奮闘している。静江がいなくなり、ただでさえ手薄だったスタッフ陣がさらに人手不足となってしまった。全員で乗り越えるしかない。

中条の部屋に夕食を運ぶのが嫌だなんて、口が裂けても言えない。言うべきでもない。わかっている。よく、わかっている。

けれど、オーナー室に一人で入りたくなかった。足が竦むような気がする。

「仙道さん。どうなさったの」

柔らかく張りのある声が千香子を呼んだ。気持ちの良い声だ。手も足も心もぐんと伸びそうな気さえした。

「姫季さん」

姫季凜子はコバルトブルーのドレスを着込んでいた。朝とはまるで雰囲気の違う衣装だ。とても似合っていた。

「珍しくぼんやり立っているから、ついお声をかけてしまったわ。ごめんなさい。あら、いい匂いがすると思ったらアイリッシュコーヒーね。温まりそうだわ」

「これ、オーナーに持って行くところです」

「そう」

「一緒に行ってもらえませんか」

凜子の表情が僅《わず》かに張りつめた。

「あ……すみません。わたし、何を言ってるんだろう。すみません」

「いいですよ」

凜子があっさりと肯《うべな》った。

「わたしでよければ、ご一緒しますけど」

「ほんとうですか。でも」

「いいのよ、別に。中条さんがあなたにご執心なの、わかってたから。男というのは、本当に困った生き物だわ」

「姫季さん」

千香子から鍵《かぎ》を受け取り鍵穴に差し込むと、凜子は自分からエレベーターに乗り込んだ。指輪にも青い宝石が付いていた。

「仙道さん」

「はい」

「男を怖がっちゃだめよ。怖がれば怖がるほど、相手は調子にのるんだから。猛獣使いのように、堂々としていなさい」

「猛獣使い、ですか」

「そうよ。どちらが上かちゃんとわからせてやるの。そうすれば、扱いが格段に楽になるものよ。従順に素直になるの」

「姫季さんのような、すごい猛獣使いにはなれそうにありません」

エレベーターが止まる。

ドアが開く。

オーナー室の扉を凜子がノックしたが、中条の返事はなかった。

「オーナー、仙道です。夕食をお持ちしました」

インターホン越しに告げる。やはり応答はなかった。

「お休みなのかしら」

独り言を呟《つぶや》く。

「扉、開くわよ」

凜子が扉を開ける。

薄暗い。

照明は、机の上のスタンドのみだ。淡い光が、マホガニー製の机とその周りをぼんやりと照らし出している。

千香子の手から盆が滑り落ちた。コーヒーカップが粉々に砕ける。

悲鳴が迸《ほとばし》った。

「そんな、そんな……」

中条は身体半分を、ずり落とすような恰好《かっこう》で安楽椅子に納まっていた。だらりと垂れ下がった手も、ガウンの前も血で赤黒く染まっている。胸には深々とナイフが突き刺さっていた。

「そんな、馬鹿な……」

千香子はその場にしゃがみ込んだ。手のひらにカップの破片が当たる。痛みは感じない。

中条秀樹が死んでいる。

心臓を一突きにされて……。

「こんなこと、あるわけが……ない」

窓の外で風が鳴っている。
冬の間中、鳴り続ける山の風だ。

四　カーテンコール

誰もが呆然《ぼうぜん》としていた。
誰も口を開かない。
スタッフルームには、風の音だけが響いていた。
千香子は視線をふと窓の外に向けてみた。
闇がある。
漆黒の夜の闇だ。
目に染みる夜の黒だった。
しっかりしなさい。
自分に言い聞かす。
こんなときだからこそ、しっかりしなくちゃ。
千香子は強く唇を嚙《か》む。
痛みと微《かす》かな血の味が、口中に広がった。

立ち上がり、一人一人を見回す。

野田村、優太、明菜、由美。

四人の八つの目が、真っ直ぐに千香子に向けられている。視線が痛い。尖《とが》った刃先のように、喰《く》い込んでくる。

「みんな、ともかく冷静な対応だけは心掛けてください。わたしたちはスタッフです。わたしたちが動揺すると患者さんに迷惑がかかりますからね」

優太が手を挙げ、指先をひらりと動かした。

「けど、看護師長。動揺するなっていう方が無理なんじゃ、ないですか。おれなんか、頭、真っ白で何にも考えられないつーか、普段通りに行動するなんて、やっぱ無理なんですけど」

「それだけしゃべれるなら大丈夫、十分ですよ、優太くん」

「え？ あっ、へ、そうですか」

千香子と優太のやりとりに、場の空気がほんの少しだが緩んだ。

「仙道さん、警察への連絡はどうしました」

野田村が静かな口調で問いかけてくる。その変わらなさが、普段通りの物言いがありがたかった。

「さっき済ませました。明日《あした》、道路が通行可能になりしだい駆けつけるそうです。たぶん、午後には到着できるだろうと」

「明日の午後」

明菜が身体を震わせた。

「そんなに時間がかかるんですか。まだ半日以上あるじゃないですか。わたし、そんなの耐えられません。怖くて、怖くて……」

「明菜さん」

「だって、だってそうでしょ。二人も殺されたんですよ、二人も。それって、『ユートピア』の中に殺人犯がいるってことじゃないですか。二人も人を殺した者が、殺人者がこの建物の中にいるんです」

「明菜さん、落ち着いて」

「落ち着いてなんかいられない。どうして、みんな、そんなに平気でいられるの。次に、次に……」

明菜が両手で顔を覆った。

「次に殺されるのは、わたしかもしれないのに」

嗚咽《おえつ》が漏れる。

「嫌だ……帰りたい。家に……帰りたい。こんなところ、もう……嫌だ、嫌っ。わたし怖い。気が狂いそう」

由美が明菜の背中を撫《な》でる。

「だいじょうぶ、だいじょうぶよ。だいじょうぶ」

呪文《じゅもん》のように『だいじょうぶ』を繰り返す。目の下に無残なほどくっきりと隈《くま》ができていた。由美はこの数時間で、五つも十も、老けたように見える。

きっと、わたしも同じだわ。

疲れ果て、隈を作り、どこか怯《おび》えている。

千香子はそっと頬を押さえてみた。

「そういえば、オーナーが殺されたってことは例の遺産の話も、みんな帳消しになったってことですか」

優太の一言に、明菜の泣き声と由美の動きが止まる。野田村が大きく息を吐いた。

「そういうことになるのかな。どうだろう、仙道さん」

「そうですね。道が開通したらすぐに弁護士さんがいらして、遺書の作成をする。オーナーはそうおっしゃっていました。弁護士さんが来られる前に亡くなられたわけですから、たぶんあの話はなかったことになるでしょう」

「そんなぁ」

優太が露骨に顔を歪《ゆが》める。

由美は横を向き、明菜は俯《うつむ》いたまま黙り込んだ。空気が重く淀《よど》む。

「どうせ、夢みたいな話だったでしょ。赤の他人の、しかも巨額な財産なんてもらったって、碌《ろく》なことにはならないわよ」

「五億っすよ」

優太が声を張り上げる。悲鳴のように聞こえた。

「五億やるって言われて、おれら、少なくともおれは、本気《マジ》になって、ものすごく興奮しちゃって……将来のこととか、あれこれ考えちゃって、夢みたいな心持ちになってましたよ。未来が光り輝いてるって。それが全部ぱぁになっちまうなんて、そんなの酷過《ひどす》ぎるじゃないですか。あんまりだ」

「全て運命よ」

ほろりと言葉が零《こぼ》れた。

優太が見開いたままの目を向けてくる。

「運命……」

「そう。オーナーが気紛《きまぐ》れに遺産相続の話を持ち出したのも、オーナーの死でそれが潰《つい》えたのも、みんな運命よ」

「運命だから諦《あきら》めろって言うわけですか」

「そうよ。諦めて受け入れるしかないでしょ」

「ばかばかしい。仙道さんが運命論者だなんて思いませんでした。くだらねえ」

優太が吐き捨てる。

わたしったら何を言ってるの。

千香子は胸の上でこぶしを握った。

こんな若い子に全て諦めろだなんて。運命なんて信じてもいないくせに、諦めて受け入れろだなんて、何を口走ってるの。

自分で自分がわからなくなる。

「気紛れなのかなぁ」

野田村が呟《つぶや》いた。風の音に消されそうなくぐもった声音だった。

「先生、何とおっしゃいました？」

「いや、オーナー、中条さんです。そんな素振りは、今までまったく見せなかったのに。ぼくも、ずっと気になってたんです。中条さんはなぜ、突然に遺産の話なんか始めたんだろうって中条さんの申し出に逆上《のぼ》せ上がってしまって、じっくり考えられなくなっていたけれど……あのオーナーが自分の財産を赤の他人のぼくたちに遺《のこ》すなんて、どうにも奇妙じゃないですか。うん、変だ」

「オーナーは以前から遺産相続について、ずっと考えていたとはおっしゃっていましたが。それに、先生もご存じのように、このところ急に体力が落ちてきていました。自分の余命を悟っていらっしゃったはずです」

「悟るというか、ぼくがはっきり伝えましたからね。半年以上、一年未満と。はっきり知ることを中条さんは、いつも望んでいたからです」

「ええ、先生のおっしゃるとおりです。オーナーは自分の死がそう遠くないと知っていた。だから、遺書の作成を急いだのでしょ」

野田村が軽くうなずく。けれど、その眸《ひとみ》の中に微《かす》かな影が走った。苛立《いらだ》ち、だろうか。

「遺言はわかります。けれど、中条さんが気紛れにぼくたちに遺産を分配しようとしたなんて、あり得ないでしょう。あの人が気紛れになにかするなんて、まして、自分の財産を単なる思いつきで、赤の他人に譲るなんてあり得ない」

「オーナーには家族がいなかった。遺産を託す相手が一人もいなかったんです。だから『ユートピア』のスタッフに遺そうと考えた。そうではないのでしょうか」

「仙道さん、あなた、中条さんの言ったことを信じているんですか。中条さんの真意が本当にそんなものだと思っているんですか」

千香子は顎《あご》を引いた。野田村と視線が絡み合う。

思ってはいない。

中条の言葉を信じたことなど、一度もなかった。しかし……。

「では、先生はオーナーの真意はどこにあったと、お考えなんですか。正直に言いますけれど、わたしには、オーナーの真意はまるで摑《つか》めないんです」

「ぼくだって、わかりませんよ」

野田村はあっさり答えた。

「わからないから戸惑っているんです。何なんでしょうね、いったい。こんな奇妙な考えを中条さんは、どうして思い付いたんでしょうか。不思議でならない」

「頭がおかしくなってたんですよ」

不意に由美が叫んだ。小太りの身体が、先ほどの明菜より激しく震えている。

「よくあるじゃないですか。死期を前にした錯乱ですよ。オーナーは頭がどうにかなってたんです」

「なるほど……それなら、まぁ、辻褄《つじつま》は合うが」

野田村が腕を組み、低く何かを呟いた。今度は、聞き取れなかった。

違う。千香子は胸の中でかぶりを振る。

中条は錯乱してなどいなかった。意識も判断力も認知力も十分に維持していた。冷静ですらあった。

辻褄を合わせようとすればするほど、真実は霞《かす》んでしまう。今、必要なのは辻褄合わせではなく、真実を見極めることだ。

野田村がちらりと千香子を見てきた。目が充血し、皮膚が古いシーツのように黄ばんでいる。

この数日で、野田村もまた老いている。

「だけどまぁ今、ぼくらが考えなければならないのは、中条さんの真意じゃなくて、あの人がどうして殺されてしまったのか。犯人の動機みたいなものを考えていかないと。いや、それより前に誰が中条さんを殺したのか。それが一番重要なことでしょう。そう、中条さんを殺したのは誰なのか。そして、西船さんを殺したのは誰なのか」

クックロビンを殺したのは、だあれ。

そんな一節が頭の中に浮かんできた。

確かマザー・グースというイギリスの伝承童謡だった。いつ読んだのだろう。それとも、誰かに教えてもらったのだろうか。

クックロビンを殺した犯人は誰だったか？

雀？　蜻蛉《とんぼ》？　それとも人間？

「オーナーは刺殺されたんですよね。死因は失血によるものですか」

由美が野田村に問う。問われた野田村は口を結び、視線を天井あたりに漂わせる。

「それがどうも……ぼくには、はっきり言いかねるのですよ」

「言いかねるってどういう意味です」

優太が身を乗り出した。

「あれはどう見たって刺殺でしょう。他に何が考えられるんですか」

優太は中条の死体を見た。スタッフルームに連絡し野田村を呼んだとき、たまたま居合わせたのだ。一緒に四階まで上がってきた。だから、胸に突き刺さったナイフも、血に汚れたガウンも目にしている。刺殺だと思い込むのも無理はない。

しかし、野田村は目を半ば閉じ、かぶりを振った。

「それがどうも、違うんじゃないかと思うんですよ。いや、ぼくは検死の経験はないので、確かなことは言えないのですが。二、三、気になる点があって……」

野田村が視線を四人に戻す。目尻《めじり》に深い皺《しわ》が寄っていた。

「気になる点って、何なんですか。先生、こんな状況になってんのに焦《じ》らすのは止めてくださいよ。それでなくても、みんな、いっぱいいっぱいなんだ」

優太はこぶしを握り、テーブルに打ちつけた。明菜が怯《おび》えた眼差《まなざ》しを優太に向ける。

「あ、いや、ごめんごめん。焦らすつもりなんてこれっぽっちもないんだが。その、ぼく自身、どう説明していいのか迷ってるんですよ。つまり、ちゃんと説明できる自信もなくてね、つい躊躇《ためら》ってしまって」

「そのまま、お話しになればいいんじゃないですか」

千香子の一言に、医師が面長な顔を上げる。

「優太くんの言うとおりです。わたしたち、この異様な状況に立ち向かうのにいっぱいいっぱいで余裕なんかありません。こんなときだからこそ、思ったこと、考えたことを素直に言葉にする必要があるんじゃないですか。上手《うま》く伝えないととか、ちゃんと説明しないとなんて考慮してたら、前に進めません。今、わたしたちにとって大切なのは、どんな形でも前に進むこと、状況を動かすことでしょう。だから、先生、どうぞお考えになったことをそのまま、わたしたちに聞かせてください。お願いします」

「うわっ、さすがに看護師長《チーフ》、すげえや。言うことが違うもんな。そうですよ野田村先生、思ったことをそのましゃべっちゃってください。うんうん、何かおれ、気分がすかっとしちゃったな」

「優太くん」

「はい」

「思ったことをしゃべるってことは、感情を周りにぶつけるってこととは違うのよ。不安なのはみんな同じ。だからこそ、感情に振り回されないでちょうだい。大声や昂《たかぶ》った物言いは、余計に不安を掻《か》き立てるだけですからね。心してください」

優太が首を竦《すく》め、「はい」と小声で返事をした。

「なんか、ずっと年上の姉貴に叱られたみたいだ。仙道さんって、やっぱ、おっかねえや」

「ずっと年上って、どの程度かしらね。後でじっくり聞かせてもらいましょうか」

「うへっ、やっぱのやっぱ、おっかねえや」

由美が笑った。明菜も涙を溜《た》めた目元を緩める。野田村医師だけが、生真面目な表情を崩さない。

「うーん、ほんとに大島くんの言うとおりだな。仙道さんはすごい。こういうとき、本当に頼りになる人ってのがわかるもんだなぁ。もし、ここに仙道さんがいなかったら……どうだったかな」

「想像もつきません」

由美がよく通る声で答える。

「わたしもです。仙道さんがいるから、何とか気持ちが保ててるんだもの」

明菜が洟《はな》をすすりあげた。

「ちょっ、ちょっと待ってよ、みんな。わたしを肝っ玉母さんにまつりあげないでちょうだい。嫌ですよ。まだ、みんなの母親やるような歳じゃないんだから」

「いや、おれ本気で『お母さん』って呼びたくなりました」

「優太くん！　調子に乗らないで」

由美と明菜が顔を見合わせ笑い声をたてた。小さな、小さな笑い声。それでも、叫びより泣き声よりずっといい。

笑うことで人は息ができる。新しい空気を吸い込むことができる。胸に入り込んできた新鮮な空気の分だけ、心を緩めることができるのだ。弛緩《しかん》ではなくゆとりが、硬直ではなく前向きな心が今は必要だ。

「先生、お願いします」

野田村を促す。

野田村は背筋を伸ばし、白衣のボタンを留めた。

「わかりました。では、なるべく手短に話します。あのね、ぼくは、中条さんはナイフで刺される前に既に亡くなっていたんじゃないかと思ってるんですよ」

声にならない声が小波《さざなみ》のように部屋中に広がった。そして、戸惑いの空気も。野田村は慌てた仕草で、手を振る。その指先に千香子は見入ってしまう。

「ナイフは中条さんの左胸を貫いて心臓に達していた。つまり、ほぼ即死状態のはずです。けどね、このあたりに」

野田村が自分の喉仏《のどぼとけ》を指さす。

「引っ掻き傷が何本かあった。そして、中条さんの爪の間にも血と皮膚らしきものがついていたんですよ」

由美が眉《まゆ》を寄せる。眉間《みけん》に皺が刻まれた。

「先生、それってどういう意味なんですか」

「ええ、つまり、中条さんは亡くなる前に苦しんで、喉《のど》を掻き毟《むし》っていたんじゃないかとぼくは思います。喉を掻き毟る。つまり呼吸困難の状態に陥っていたと」

優太が身を起こし、口中の唾《つば》を飲み込んだ。

「それってナイフで刺された死に方じゃないですよね」

「ええ、違います。明らかに筋弛緩による呼吸困難の兆候でした。特定はできませんが、何らかの薬物による殺害でしょうね」

「けっけど、え？　あ……でも、オーナーが刺されてたってのは事実ですよね。あれ……幻じゃなかったわけで……」

「幻じゃない。確かな事実です」

「え、でも、それじゃあ、犯人はまずオーナーを毒殺して、それからナイフで心臓を刺したわけですか」

「それもあるでしょうね。あるいは、犯人が二人いて、一人が中条さんを薬で殺した後、もう一人がナイフで刺した。このとき、既に中条さんは亡くなっていたはずですが。司法解剖されればもう少し詳しいことがわかるかもしれません。少なくとも、刺し傷が死後に付けられたものなのかどうか、はっきりしますよ。薬殺なら、その薬の特定もできるはずです」

「け、けど何のために死体にナイフを突き刺したりしたんですか」

優太の声が裏返る。

「わかりません。常識では考えられない行為です。どんな意味もないように思われるけれど……」

千香子は喉に手を当てた。そこから血が噴き出しているような錯覚に囚《とら》われる。唾を飲み込むのさえ、痞《つか》えるようだ。

「殺人者の考えることなんて、わたしたちに理解できるわけがない。わたしたちとは、考えることも、感じることも全然ちがってるのよ。殺人者なんて人間じゃないわ。鬼や獣と同じよ」

明菜が声を震わせた。

「二人も人を殺すなんて……そんなの考えられない。考えられないでしょ」

「犯人が同一人物とは限らないわ」

由美がどこか虚《うつ》ろな眼差しを明菜に向ける。けれど口調は柔らかく鮮明で、いつもの由美のものだった。

「静江さんとオーナーを殺した犯人が同じだと言いきれないでしょ。まったく別人かもしれないじゃないですか」

「まさか」

明菜が何かを拒むように首を振った。

「ここに、殺人犯が二人もいるってこと？」

「三人かもしれない」

野田村が指を三本たてる。

「西船さんを殺した犯人、中条さんを殺した犯人、そして、中条さんの死体にナイフを突き刺した犯人……これは厳密に言うと殺人ではないかもしれませんが、心情的には殺人者でしょうからね」

「そんな……、それじゃ『ユートピア』は殺人者だらけなんですか。そんな、そんな」

「だとしたら、理想郷どころじゃない。とんでもない地獄だな」

優太が音をたてて椅子に座った。腰から崩れ落ちたような座り方だった。

「だけど、おれ……どうしてもわからないんです。何のために……動機っていうのかな。何のためにオーナーを殺したんだろうって。西船さんが殺されたのは、もしかしたら遺産の分配がらみなのかもって思ってました。ぶっちゃけた話、ここにいる誰かが犯人じゃないかって、かなり、本気で疑ってた」

優太は首を突きだし、ひょっこりと頭を下げる。

「けど、オーナーを殺して得になるような者は、ここには一人もいない。いや得どころか大損ですよね。遺言状作成の前にオーナーが死んじまったせいで、五億、仙道さんはもっとですが、莫大《ばくだい》な遺産がぱあになっちまったんだから」

「優太くん」

「ほんと、すみません。けっこう露骨なこと言ってるってよく、わかってます。でも、もう頭の中がこんがらがっちゃって」

千香子はため息を吐いた。わざとではない。思わず知らず重い吐息が漏れていたのだ。ため息の後を追うように言葉が零《こぼ》れた。

「お金だけが殺人の動機になるわけじゃないわ」

「え？」

優太が丸い目を瞬《まばた》かせる。

「人を殺す動機なんて、いっぱいあるってこと」

「例えば」

野田村が千香子に顔を向けた。

「人を殺す動機。例えば、どんなものがありますかね。仙道さん」

「例えば……怨恨《えんこん》、深い恨み」

「なるほど、他には」

「歪《ゆが》んだ愛情、嫉妬《しっと》、激しい怒り……」

父は母を殺した。

自分の妻の額を鉈《なた》で打ち割った父。夫に額を打ち割られた母。

祖母の前掛けを思い出す。

母の血に汚れた前掛けだった。それを身につけて、祖母は木偶《でく》のように立ち竦《すく》んでいた。

妻の額を目掛け、鉈を振り下ろしたあの刹那《せつな》、父の胸中に渦巻いていた感情。それには名があるのだろうか。殺意という一言で片づけてしまえるのだろうか。よしんばそう名付けたとしても、口論の果てに燃え上がった殺意を、誰がどのように説明できるのか。できはしないだろう。いやその前に、殺人者の胸中に心を馳《は》せる者など、どこにもいはしない。

「千香子だけは駄目やと言われた」

高校二年生の冬、恋人だった同級生から告げられた。

「他の女の子なら、どんな子と付き合《お》うてもええ、けど、千香子だけは絶対に駄目だと親が言うた。おふくろなんか、おれに縋《すが》って泣き喚《わめ》くんや。これ以上、千香子と付き合うてくれるなって」

長身の眼鏡の似合う男だった。

少年でなく男だ。千香子にとって最初の男だった。男にとっても、千香子が初めての相手であったはずだ。

高校生同士のぎこちない交わりを千香子は心から愛《いと》しんだ。この男と抱き合っていられるなら、奈落《ならく》に落ちてもかまわないと感じた。感じたとき、それまで不可解でしかなかった母の心に、家族も故郷も捨てて流れ者の男と生きようとした母の想いに、ほんの少しだが触れた気がした。

母さん、今なら、あなたが少しだけわかるかもしれない。

「あたしと別れたいの」

男を見上げ、尋ねる。

誠実で優しく、真っ直ぐに千香子を見詰めてくれた恋人だった。本気で愛していた。本気で愛されていると信じていた。

あたしは、この男を失うのか。

あたし一人が奈落に落ちていく。

心の一端が冷えていく。

あぁ、やっぱり。

どこかで覚悟していた別れを受け入れようとする。受け入れられなくて、じたばたと足掻《あが》く。

「お母さんに泣かれたら、あたしと別れるん」

未練がましく、言葉が粘りつく。

「親父に……言われたんや。遊びで付き合うんならええ。けど真剣にはなるなって。もし、千香子との間に子どもができたら……その子は殺人犯の血を引くことになるんだぞって。一生、ついて回る血なんだぞって。おれ……千香子と遊ぶことなんてできん。けど、けど、親父の言うことも確かに……」

男は口ごもり、千香子から目を逸《そ》らす。そして、二度と視線を合わせようとはしなかった。

もう二十年以上、昔のことだけれど。

殺人者は殺人者。心などありはしない。人を殺《あや》めたそのときから、その血はおぞましく禍々《まがまが》しいとされてしまう。

人を殺すとは、そういう存在になるということだ。

歪んだ愛情、嫉妬、激しい怒り……。

「あとは絶望と快楽も」

「絶望と快楽か」

野田村が目を細め、千香子の言葉をなぞった。

「ええ、ケースとしては稀《まれ》なんでしょうが、絶望や快楽もまた、殺人の動機になりうると思います。具体的にはちゃんと語れませんけど」

「具体的に語られたら怖いですね。仙道さん、今でも十分迫力、ありますから」

「まぁ、先生までそんなことを」

野田村が笑みを浮かべる。

誠実で優しげな笑みだった。

二十年前の恋人を思い起こさせる。千香子はたまゆら目を閉じ、全ての風景を遮断した。ほんのたまゆら、一秒か二秒。

目を開け、目に映る全ての風景を受け止める。

「ともかく、わたしたちには何もわかっていません。静江さんとオーナーを殺した犯人を捜すのは警察にまかせましょう。わたしたちのやらなくちゃいけない仕事は別にありますから」

「だって、だって看護師長《チーフ》、怖くないんですか。『ユートピア』の中に殺人犯がいるんですよ。次に殺されるのは、わたしかもしれないんですよ。わたし、怖いです。怖くてたまりません」

明菜が前髪を掻《か》き上げる。顔色は青白かったが、もう泣いてはいなかった。

「由美さんと明菜さん、野田村先生と優太くんは二人組で行動してください。なるべく離れないように、一人にならないように気をつけて行動してください。それで、仕事に多少の支障がでるのは、仕方ないでしょう」

「看護師長はどうなさるんですか」

由美が自分の胸を押さえる。

「わたしは、どちらかのグループにひっついて動き回ることにします」

「だいじょうぶですか。一人で行動しないでください」

「ええ。なるべく、みなさんと一緒に行動します。ただ、こうなると入居者のみなさんに今まで通りのサービスを提供していくのは難しいでしょうね。それでも、みんなにはぎりぎり頑張ってもらいたいの。道路事情が改善したらすぐに、他のスタッフが駆けつけてくれるはずだから、そのときまで踏ん張ってください。無理は重々承知の上で、お願いします」

頭を下げる。

「ねえ、みなさん。不安なのも恐いのもよくわかります。だけど、わたしたちが混乱してしまったら、入居者のみなさんは、患者さんたちはどうなりますか。そこを考えてください。もう少し、もう少しだけ『ユートピア』のスタッフとして働いてもらいたいんです」

「仙道さん」

優太がもう一度手を挙げ、やはり指先を動かした。

「給料はどうなるんですか。オーナーが亡くなっても、ちゃんと支払われますよね」

「もちろんです。通常のお給料だけでなく、こういう状況下で休みなく働いたことを考慮して特別手当を出していただきます。わたしが、オーナーの財産管理を担当している弁護士さんにちゃんと交渉しますから、その点は安心して下さい」

「特別手当ってどれくらいの額なんですか」

「最低でも冬のボーナスに匹敵する額と、わたしは考えています」

「ボーナス分か。五億にはちょっと足らないな」

優太の冗談に、由美と明菜が顔を見合わせる。

「仙道さんの言う通りです。こういう時だからこそ、自分のやるべきこと、できることをやりましょう。ぼくたちには、それしかないですからね。さて、そういうことで、みなさん、少し休みましょう。どうにも疲れ切った顔をしてますよ」

「そうね、休みましょう。ぐっすり眠ったら、元気が出るわ」

「でも、わたし一人では……」

明菜がいやいやをするように首を振った。

「由美さんと明菜さんは、わたしの部屋で一緒に寝ることにしましょう。野田村先生と優太くんはゲストルームでお願いします」

千香子の部屋もゲストルームにも、小さいけれど風呂《ふろ》がついている。湯に浸《つ》かり心身をほぐすと、少しは落ち着くかもしれない。

「でも看護師長、スタッフルームに誰かいないとナースコールに対応できませんけど」

由美が看護師の口調で言った。

「わたしが夜勤をします」

「一人で、ですか。だめです。それは、だめです。それなら、わたしも一緒に起きてますから」

「あなたは今朝も早く起きてるでしょ。わたしは昨夜、ぐっすりと寝ているんだから
だいじょうぶよ」

「そういう意味じゃないです。なるべく一人にならないようにって、看護師長がおっ
しゃったんじゃないですか」

「スタッフルームには内側から鍵《かぎ》をかけます。ナースコールがあった場合、携帯で由
美さんに連絡しますから駆け付けてくれる？」

「もちろんです。わたしと明菜さんが行くまで部屋から出ないでください」

「ええ、そうするわ」

うーんと野田村が唸《うな》った。

「『ユートピア』の女性スタッフは本当にしっかりしてるなあ。ぼくたち男の方が、
ずっと頼りない気がしてきた。な、優太くん」

「先生、気がしたじゃなくて、ほんとに頼りないですよ。おれら」

「まったくだ。何だか少し情けなくなってきたな」

野田村と優太がしゃべりながらスタッフルームを出て行く。

「優太くん」

千香子は、階段の下で優太を呼び止めた。二階にあるゲストルームに向かうため、

階段を上っていた優太が振り向いた。数段上で野田村も足を止める。

「さっきはありがとう」

「え？　なんすか？」

「お給料の話。持ち出してくれて助かった。ほんとに、ありがとう」

並んで階段を上りながら優太に重ねて謝意を伝える。

「はぁ？　おれ、ただ自分の給料が気になっただけですけど。自分でもせこいってわかってんですけど、やっぱ、お金は大事だよ～っての、真実ですからね」

「そうよ。優太くんが現実的な質問をしてくれたおかげで、空気がしゃんとしたもの。とっても、ありがたかった」

金銭に拘《こだわ》るとは、具体的な現実に拘ることだ。正体不明の殺人者に怯《おび》えていた空気が、現実に受け取る金銭の話によって攪拌《かくはん》された。

千香子はそう感じた。

だから、ありがたかった。

「そんなふうに言われると却《かえ》って困ります。自分のせこさが恥ずかしくなってきたな」

「せこくないって。お金は大事です。身の丈に合った金額を自分の力で手に入れるのって、とっても大切よ」

「身の丈に合った、ですか。やっぱ五億はおれには、でかすぎたのかな。あれ？　仙道さん、どこに行くんです」

さらに階段を上って行こうとする千香子に対し、優太は見咎《みとが》めるように目を細めた。

「三階に。姫季さんの様子を見てこようと思って。ちょっと気になるの」

凜子は中条の死体を目の当たりにした。

胸にナイフを突き立てられた無残な死体だった。千香子自身があまりの衝撃に呆然《ぼうぜん》として、暫《しばら》くの間、凜子のことを忘れていた。

我に返り、すぐに凜子を部屋に送って行った。凜子は取り乱した風も、ショックを受けた様子もなかった。ただ、いつもよりずっと無口になり、千香子の為《な》すがままおとなしくベッドに横たわった。

気になる。

老人が激しいショックを受けた場合、時間を経てから症状が現れることがよくあるのだ。

「ぼくも行きましょう」

野田村が階段に足をかける。千香子は軽くかぶりを振った。

「いえ、本当にそっと様子を見てくるだけですから」

凜子は他人に気遣われることを嫌う。その名のとおり、誰に対しても凜《りん》としていたいと、強く望んでいる。

凜子のプライドを刺激したくなかった。

「そうですか。わかりました。でも、仙道さん、一人で動くのはやめなさい。真相がわかるまでは臆病《おくびょう》なぐらい用心した方がいい」

「はい。そうします」

「ほんとに？　どうも、あなたを見ていると危なっかしくてしょうがないなあ」

「わたしが危なっかしいですか？」

「危ないですよ。何と言うか、本気で生きようとしていないみたいな、あっさり死を選びそうな気がします」

「わたしが？　まさか。わたし死にたいなんて思ったこと、ありませんもの」

「……だといいけど。ともかく無理はしない。一人で頑張り過ぎない。情けない男性陣でも、ときには頼ってください」

では、おやすみなさいと手を振り、野田村が背を向ける。優太も何か言いたそうに立っていたが踵《きびす》を返して、野田村の後を追った。

千香子は一人、階段を上って行く。

三階の一番奥の部屋。

三〇三号室。それが、往年の大女優、姫季凜子の部屋であり、おそらく最期の場所となるところだ。

ふと窓に目をやり、悲鳴をあげそうになった。

虫食いの木の葉が一枚、べたりと貼り付いていたのだ。人の顔に似ている。

誰かが三階の窓からこちらを覗《のぞ》いている。

中条の顔に見えた。

身震いする。

深呼吸を二度繰り返し、気息を整え、三〇三号室の前に立つ。ノックをする。

「はい、どなた」

インターホンから凜子の声が響いた。澄んだ華やかな声だ。

「仙道です。姫季さん、おじゃましてもいいでしょうか」

「あら、仙道さんなの。どうぞ、どうぞ。今、ドアを開けるわね」

意外なほど軽やかな口吻《こうふん》だった。中条の死体と遭遇したショックは感じられない。

ドアがゆっくりと開いていく。

「まあっ」

千香子は半ば口を開け、目を見開いた。

「あなたは……」

続く言葉が出てこない。

目の前に、あの少年が立っていた。

「すみません」

少年が頭を下げる。

穏やかな声音だった。

「親切にしていただいたのに何も言わず消えてしまって、申し訳なかったです」

少年の背後から、凜子が顔を覗かせる。

うっすらと化粧をしていた。

翳《かげ》りはなく、疲れも、窶《やつ》れも見えない。

「あなた、どうしてここに……」

そう問うてはみたけれど、問うてみただけだった。この少年が凜子の傍らにいることを、さほど不思議と感じないのだ。むしろ、当然のように思える。

「仙道さん、お入りなさいな」

凜子が笑んだまま、言葉と眼差《まなざ》しで千香子を誘った。

凜子の部屋は、淡い紫を基調としていた。絨毯《じゅうたん》もカーテンも薄く青みがかった紫だ。

凜子は象牙《ぞうげ》色のゆったりとした部屋着を身につけ、腰にラベンダー色のサッシュを巻いていた。

ただの部屋着が目に華やかなドレスとも映る。

窓際に純白の薔薇《ばら》が飾ってあった。

青磁の大型の花瓶に零《こぼ》れんばかりに活《い》けてある。

薔薇の芳香が仄《ほの》かに匂った。

昨夜、凜子を部屋に送ったときには、気が付かなかったが……。いや、これだけの花束に気が付かないわけがない。

昨夜はなかったのだ。

「姫季さん、この薔薇は？」

「ああ、これ。きれいでしょう。この子の誕生日プレゼントなの」

「誕生日？　姫季さんのですか？」

入居者の生年月日は全て把握している。その日は、スタッフ全員で祝い、小さな宴《うたげ》を催す。『ユートピア』の入居者にとって、誕生日は特別な日だった。生きて生まれた日を祝えるのは、おそらくこれが最後になる。

誰もがわかっていた。

だからこそ、心を込めて祝う。

姫季凜子の誕生日は青葉の頃だ。こんな物悲しい季節ではない。その日はまた、凜子の四番目の夫の命日でもあった。

凜子が笑う。

「まあ、仙道さんでも、そんな戸惑い顔をするのね。今日はね、わたしが母親になった記念日。つ・ま・り、この子の誕生日なの」

凜子は片目をつぶり、少年の肩に手を置いた。それだけの仕草で、凜子の少年への慈しみが伝わってくる。

「自分の誕生日に母親に花束をプレゼントしてくれるの。母になった日のお祝いとしてね。ふふ、洒落《しゃれ》ていると思わない」

「ええ、とてもすてきですね」

そっと薔薇に触ってみる。

白い花弁《はなびら》は思いの外、肉厚で冷たかった。

「お茶を淹《い》れましょうか。仙道さんは紅茶派だったかしら。それともコーヒーの方がお好きだったかしらね」

「あ、おかまいなく。わたしは、仕事中ですので」

「また、そんな堅いことを。あなたってほんとうに堅物よね。どうして、そう物事を四角四面に捉《とら》えるのかしら。困ったものだわ」

凜子がため息を吐く。

「ともかく、わたしがあなたにお茶をご馳走《ちそう》したいの。ほんとはね、あなたが来なかったら、こちらからお呼びするつもりだったの」

「わたしを、ですか？」

「あなたを、ですよ。考えてみれば、あなたとゆっくりお話ししたこと、なかったですものね」

凜子が誰かとゆっくり話をしている姿など想像できない。おそらく、誰とも一度もないだろう。

「あら、仙道さん、わたし、意外におしゃべりが好きなのよ」

千香子の胸裡《きょうり》を察したのか、凜子が含み笑いをする。

「おしゃべりをする価値のある相手とは、何時間でも、しゃべっていたいわ」

「……価値ですか」

「ええ、そうよ。仙道さん、あなたにはその価値があるの」

「母さん」

白兎が、すっと口を挟んできた。

「仙道さんに、お茶をご馳走したいんでしょ」

「あっ、そうね。仙道さんよろしいでしょ」

「はい。では、遠慮なく。紅茶をいただきます」

「ストレートで？」

「いいえ。温めたミルクを入れてください。できれば、洒落たティーカップなんかじゃなく、マグカップでたっぷりと飲みたいです」

「ほほ、そうこなくちゃ。おまかせなさい。白兎、あなたはどうする?」

「そうだな。ミルクティーをマグカップにたっぷりと。おれもそれがいいや」

部屋着の裾《すそ》をひるがえし、凜子がキッチンへと向かう。入居者たちは食事を作る必要はまったくないが、気が向けば菓子や簡単な料理を作ることができるよう、リビングの奥にシステムキッチンが設けられていた。

「どういうことなの?」

凜子がキッチンに消えると同時に、千香子は少年に向き直った。

「あなたが姫季さんの息子だなんてあり得ないわよね。孫だと言うのなら、まだわかるけど」

「そうですか」

「とぼけないで!」

語気が荒くなる。鼓動が強くなる。

「姫季さんには息子なんていない。あなたは、いったい誰なの。どうして、ここにいるの」

少年は何も答えない。

千香子は声を潜め、続ける。

「どこから、どうやってここに来たの。道はまだ遮断されているはず。こんな花束を抱えて、ここまで来られるわけがないでしょ」

少年が身じろぎした。微《かす》かな笑みが浮かぶ。

「約束だから」

「約束？」

「そう。今日、ここに来るのは母さんとの約束だったんです。絶対に守らなきゃならない、約束だったんです」

千香子は少年を見詰める。

「あなた……白兎という名前なの」

「そうです。白い兎」

白い兎。

波頭が浮かんだ。

寄せてくる波の頭が白く泡立ち、小さな白兎が幾十匹も幾百匹も、陸に向かって走ってくる。

「あれを海の白兎と言うんぞ」

千香子の傍らで誰かがそう教えてくれた。

あの風景をいつ、どこで眺めたのだろう。

海の白兎を教えてくれたのは誰だったのだろう。

「約束だったんですよ。遠い昔のね。一度、結んだ約束は必ず果たさなきゃいけない。そうしないと、母さんはいつまでも、おれを待ち続ける」

いつまでも、待ち続ける。

「お待たせしました」

凜子が微笑みながら、銀色のトレイを運んでくる。揃いのティーポットとカップ、それにマグカップが二つ載っていた。

「あっ、すみません。わたしが運びましたのに」

「いいのよ。あなたはお客さまなんだから、座ってらっしゃい。さあ、どうぞ」

青色のマグカップの中でミルクティーが揺れる。一口、すすり、千香子は感嘆の声をあげた。

「美味《おい》しい」

「そうでしょ。わたしはね、昔から紅茶を淹れるのだけはとても上手だったの。とてもね」

「せっかくの紅茶をこんな飲み方しちゃ、だめですよね」

「そんなこと、あるもんですか。どんな飲み方だっていいの。お茶を飲むこの時間を楽しむ。それが大切なんだもの。まぁ、わたしは紅茶をマグカップで飲むなんてまね、絶対にしないけれど」

優雅な仕草でティーカップを口に運び、凜子は満足気に目を細めた。

「ねぇ、仙道さん」

「はい」

「あなた、知ってるんでしょ」

「は？」

「誰が西船さんと中条さんを殺したか、知っているわよね」

千香子はマグカップを持ったまま、凜子とその横に座る白兎の顔を交互に見やった。

「姫季さん。なぜ、そんなことを考えたんです」

「あなたがとても頭の良い人だからよ。そして、中条さんのことを『ユートピア』の人たちのことを誰よりきちんと把握しているから。あなたには、犯人の姿が見えているはずよ」

「姫季さん、そんな、わたしは何も知りません」

マグカップを置く。

紅茶が揺れる。

ゆらゆらと。

千香子の思いも揺れた。

眩暈《めまい》がする。

「……ここは、舞台のようだわね」

凛子が呟《つぶや》く。

「みんながそれぞれの役を巧妙に演じている。そんな気がしてならないの」

「舞台、ですか」

「『人はみんな人生を演じているのに過ぎないのかしらね。だとしたら、まぁ、見てごらんなさいよ。仮面をかぶった役者たちは、自分が何の役かも知らぬまま、滑稽《こっけい》な芝居を演じているわ』」

「姫季さん……それは」

「わたしが最後に主人公を演じた舞台の科白《せりふ》。ここには、巧妙で滑稽な芝居をしている役者がたくさん……」

不意に凛子の手からティーカップが滑り落ちた。絨毯《じゅうたん》の上に紅茶が散る。凛子が目を閉じソファの背にもたれかかった。頬から血の気が引いていく。

「姫季さん！」

「だいじょうぶ……急に眩暈がして……」

「血圧を測ります。ベッドでお休みになってください」

迂闊《うかつ》だった。

艶《あで》やかさ、優雅さに目を奪われていたけれど、病魔は確実に凛子の身体を蝕《むしば》んでいる。そして、こんな風に唐突に牙《きば》を剝《む》くのだ。

「すぐに先生を呼んできます」

「いいえ……いいの。仙道さん、もういいのよ。舞台の緞帳《どんちょう》はもう既に下りているの」

「え？」

「そうでしょ、白兎。もう舞台は終わったのよね」

「まだカーテンコールが残っているよ、母さん」

「そう……カーテンコールがね」

凜子が手を差し出す。その手を白兎が握る。凜子の口元に笑みが広がった。

「仙道さん、白兎はね、わたしが愛したたった一人の男なの。この子より他には、わたしは誰も愛さなかった。この子だけが、わたしの愛だったのよ。わたしの息子、わたしの愛」

「姫季さん、でも、息子さんって、それは……」

「わたしが十五歳のとき、産んだ子。父親は戦争で死んだわ。あのときは、本気で愛したつもりだったけれど、もう顔さえ覚えていない。わたしは、この子を育てるために女優になったの。母が支えてくれた。自分の子として届けを出して……。母と息子とわたしと。三人の生活を守るために、わたしは必死で働いたの。気がつけば、女優と呼ばれるようになっていた。けれど、白兎は一人で逝ってしまった。十六歳の若さでもいつか、会えなくなる日がくる。そう覚悟していたけれど、あまりにもあっけなく……」

凜子の手に力がこもる。指先が震えた。

優太の揃えた姫季凜子に関する資料を思い出す。

昭和××年　実弟、事故死。建設中のビルの工事現場近くを通行中、落下してきた鉄材の下敷きになる。この後、一年半にわたり、姫季凜子は女優としての活動を休止。活動再開は映画『楡《にれ》の木の下で』で。この映画で二度目の主演女優賞を受賞。

「受け入れられなかった。どうしても、白兎の死が受け入れられなかった。そうしたら……一年後、この子が帰ってきてくれたのよ。毎年、わたしが亡くなるそのときまで、自分が生まれた日に必ず、白い薔薇《ばら》を持って逢《あ》いに来るからと」

凜子が微笑む。

無垢《むく》そのままの笑みだ。

「今年も来てくれた。約束を違《たが》えずに逢いに来てくれたのよ。そして、もうすぐ、この子のところにわたしもいける。やっとね……」

千香子は顔を上げ、白兎を見詰めた。視線が絡む。

「あなた何者なの」

「おれのことより、仙道さん。決着をつけましょう」

「決着って」

「このままじゃ、また、犠牲者がでます。それを止められるのは、あなたしかいない。あなたしかいないんだ」

凜子が静かに息を吐いた。ソファの背もたれから上半身を起こす。

「行きなさい、仙道さん」

命令だった。威圧的でも尊大でもない。むしろ、穏やかな物言いだ。それでも、命令だった。凜子は千香子を見詰め、もう一度、命じた。

「あなたは最後まで、あなたの仕事をやり遂《と》げなさい」

千香子は顎《あご》を上げ、凜子の眼差《まなざ》しと言葉を受け止めた。

「わかりました。失礼いたします」

白兎がドアを開ける。電灯が薄青色の廊下を照らしている。千香子は奥歯を嚙《か》み締め、三〇三号室から走り出た。


一階まで、一気に駆け下りる。さすがに息が切れた。

決着をつける。仕事をやり遂げる。

身体が重い。

重い身体を引き摺《ず》るようにして、廊下を行く。

スタッフルームの中に人影が見えた。

身体の重さが瞬時に消える。

全身の力で廊下を蹴《け》り、そのままの勢いで飛び込んだ。

「由美さん」

島村由美が振り向く。

手にメスを握っていた。

「由美さん、止めて、止めなさい」

夢中だった。夢中で由美にぶつかっていく。

「放して、仙道さん、いや、死なせて」

メスが床に転がった。

由美を押し倒す恰好《かっこう》で、千香子も床に倒れる。

激しい物音がした。

「いや、いや、死なせて。わたしなんか生きていても仕方ないんです。死なせて」

由美が泣き叫ぶ。

その腕を押さえながら、千香子は喘《あえ》いだ。

「由美さん……何で、何でこんなことを……」

「仙道さん、死なせてください。わたし……わたしは」

由美の身体が大きく波打つ。屈《かが》みこみ、汗に濡《ぬ》れた耳元に、ささやく。

「わかってるわ。あなたが静江さんを殺したの、わかっていたわ」

由美の動きが止まった。

「わかっていたのよ。最初から……。いえ、違うわね。もしかしたらと思っただけ。もしかしたら由美さんが……って。でも、信じられなかった。あなたが人を殺すなんて信じられなくて、ずっと、自分の考えを打ち消していたの」

「どうして……」

由美がか細い声を出す。雨に濡れた捨て猫みたいだ。

哀れで悲しい。

「看護師長、どうしてわたしのことを……疑ったんです」

千香子は身を起こし、額の汗を拭《ぬぐ》った。

全身に汗が噴き出ている。

気持ちが悪い。

「あなた、まっすぐに走ったでしょ」

「え?」

「優太くんの悲鳴を聞いたときよ。あのとき、駐車場には何台も車があって、わたしのいた所からは、そして、由美さんの所からも優太くんの姿は見えなかった。悲鳴も山にこだまして、どこから聞こえてくるのかまったく見当がつかなかったでしょ。でも、由美さんは迷わなかったわよね。まっすぐに、優太くんの声のする所に……つまり、静江さんの死体のある所に走って行った。あの走り方は、どこに行くべきかを確かに知っている者の走りだった。由美さん、あなた、静江さんがどこにいるか、ちゃんと知っていたのよね。あなたが、そこで静江さんを殺したから」

由美も起き上がる。

床にぺたりと座り込み、千香子を見上げる。涙は乾いたけれど、眼差しは虚《うつ》ろで、目には何も映っていないようだった。

千香子はその腕を摑《つか》み、指に力を込めた。

「なぜなの、由美さん。どうして、あなたほどの看護師が静江さんを殺したりしたの。まさか、まさか、遺産の取り分が原因じゃないわよね」

「……そうです」

由美の口調からも感情が抜け落ちていた。抑揚がほとんどない。

「オーナーの遺産が原因です。静江さんに駐車場に呼び出されて……相続の権利を放棄するように言われました。脅されたんです。放棄しないと……何もかもばらしてやるって……」

「何もかもって？」

由美が俯《うつむ》く。俯いたまま、首を横に振った。

「由美さん、教えて。静江さんはなにを理由に、あなたを脅したの」

「それは、ぼくから話しましょう」

背後で静かな声がした。

声音に色彩があるのなら、この声は艶《つや》のある深い灰色だ。

「先生」

野田村はまだ白衣を着ていた。長身の後ろに優太と明菜の顔が見える。

「物音がしたので、みんな、集まりましたよ。やはり、誰もがかなり神経質になっているようだ」

野田村は由美の腕をとり、引き上げる。立ち上がった由美の足にあたり、メスが床を滑った。

ほとんど反射的に、千香子はそれを拾い上げる。

「何て馬鹿なまねをしたんだ。由美、何でこんな馬鹿なまねを」

「先生」

由美が両手で顔を覆い、野田村の胸に倒れ込んだ。

「先生、ごめんなさい。わたし……わたし、守りたかったんです。先生を……失いたくなかった。失いたくなかったんです」

　優太が音をたてて息を吸い込み、吐く。

「ちょっ、ちょっと、待ってくださいよ。せっ、先生と島村さんって、そういう関係だったんすか」

「そうです」

　野田村が首肯する。

「ぼくと由美は、何年も前からこういう付き合い方をしてきました。いずれ、由美の離婚が成立したら、結婚するつもりだったんです」

　野田村は静江ではなく、由美を愛していた。

　それなら納得できる。どうして納得できるのか上手《うま》く説明できないけれど、野田村と静江の間に感じたあの違和感を覚えない。

「でも、どうして静江さんを？　殺す必要なんてなかったでしょ。いえ、その前に、どうして脅されたりしたの」

　由美には夫がいる。にべもなく言ってしまえば、由美は不倫をしていたわけだ。しかし、一昔前ならいざしらず、この時代、不倫が強請《ゆす》りの種になるとも、殺人の原因になるとも思えない。

「遺産の、五億の相続権を放棄しないとオーナーに全部、告げるって言われて……オーナーは自分の信頼を裏切った者を許さないから、わたしも先生も、医師や看護師として二度と働けなくなるって……」

「そんな馬鹿なことを、本気で信じたの」

「馬鹿なことって思えなかったんです」

由美が叫ぶ。

「静江さんの言う通りだって思えたんです。オーナーは、わたしたちを許さないだろうって。わたしは、オーナーのことをほとんど知りません。でも、でも、あの人がとても冷酷に、自分の思い通りに動かない者に対してとても冷酷になれるって、感じていました。わたしだけならどうなってもいい。だけど先生に累が及んだら……そう考えただけで、もうどうしていいかわからなくなって。それに静江さんは、先生も強請るつもりでした。はっきりとそう言いましたから。それに、それに、ひどいことを言って……わたしを娼婦《しょうふ》と同じだとか、他にも男がいるんじゃないかとか。それを聞いているうちに許せないって、絶対に許せないって、血が逆流するような気分に襲われて……気が付いたら、気が付いたら静江さんの首を……先生のネクタイで絞めて……」

「ネクタイはわざわざ持ち出したの？」

だとしたら、由美は最初から殺意を抱いて静江に会ったことになる。しかし、由美はかぶりを振った。

「偶然、持っていました。ロッカーのお掃除をしたときに、わたし、定期的に先生のロッカーをきれいにしてたんです。それくらいしか、先生の役に立てない気がして……。そのとき、ネクタイを無意識にポケットに入れてしまったんだと思います。わたし、何でもポケットに入れる癖があるので……いえ、違います。わたし、先生の持ち物が欲しかったんです。お守りみたいに。ええ、お守りのつもりで持っていたかったんです。なのに、わたし、先生のネクタイで静江さんを絞殺しました。自分でも信じられないけれど……殺したんです」

由美が両手を目の前にかざす。

「あのときの感触……人の首を絞める感触……忘れない。一生、忘れられない。ずっとずっと、つきまとって……静江さんの赤黒く膨れ上がった顔が頭にこびりついて……さっき、休んでたら明菜さんが……悲鳴をあげて、窓の所に静江さんが立っていたって言うんです。わたしをじっと見て、指差したって……」

明菜が身を竦《すく》める。

「だって本当に見えた気がしたんです。静江さんがじっと由美さんを見詰めていた姿が……ふっと気配を感じて、窓の外を見たら、そこに静江さんが」

自分の言葉に怖気《おじけ》づいたのか、明菜が震える。

「止めて、もう止めて」

由美は耳を覆い、再び床にうずくまった。

「由美」

抱きかかえようとする野田村の手を払い、頭を抱え込んでしまう。

「怖い。あのコーヒーだって……」

「コーヒー？」

「スタッフ室の……マグカップのコーヒー……」

アニメキャラクターの付いた安っぽいマグカップが千香子の眼裏《まなうら》に浮かんだ。

あの朝、静江が飲み残したコーヒーが入っていた。

「わたし、静江さんに呼び出されたんです。話があるって……。静江さんが、わたしを呼び出したんですよ。スタッフ室じゃ他人に聞かれるかもしれないから、駐車場に行こうって。そのとき、静江さん……コーヒーなんか飲んでいなかった。日誌も読んでいなかった……それなのに、それなのに……まるで静江さんが生きているみたいに……わたしが殺したのに、生きてスタッフ室にいるみたいに……」

どこかぼやけた目付きで、スタッフルームに佇《たたず》んでいた由美。あれは、当惑ではなく、恐怖の表情だったのか。

「怖い、怖い。静江さん、許して。わたしを許して。わたしは、生きている限り、静江さんから逃れられない。一生、つきまとわれる。それなら、いっそ死んだ方がまし。

死んだ方が……怖い、怖い。いやぁっ、怖い」

由美は身体を縮められるだけ縮め、怖い怖いと叫び続けた。

「先生、安定剤を投与しますか」

「え？　あぁそうですね。ベンゾジアゼピン系の製剤を」

野田村はイスに倒れ込むように座り、頭を抱えた。

「あの夜、西船さんは僕にも話があると言ってきました。身体をすりつけてきて意味有り気な眼つきをして……。由美とのことだと薄々感づきはしましたが放っておきました。放っておくのが一番いいと思ったから。嵐は黙っていれば過ぎ去るものなのに」

頭を抱えたまま、呻《うめ》く。

「どうして、こんなことになってしまったんだ。どうして……」

「そういう台本になっていたからでしょう」

澄んだ声がした。

「姫季さん」

姫季凜子が艶《あで》やかに笑みながら立っていた。

黒いロングドレスに真珠の首飾りをつけている。ドレスはところどころに金色の薔《ば》薇《ら》の刺繍《ししゅう》がほどこされていた。

凜子はどんな花より薔薇を愛しているのだ。

「姫季さん、おかげんが悪かったのでしょう。起きて来てだいじょうぶなんですか」

「もちろん、平気よ。仙道さん、お話にわたしも加えてもらっていいかしらね」

「え？　いや、それは困ります。今はスタッフだけのミーティングですから」

「あら、でもね。わたしは加わる権利はあると思うのだけれど。だって、中条さんを殺したのは、わたしなんですからね」

一瞬、部屋の中の空気が凍りついた。

息の音さえ凍りつき、固まり、絶えてしまう。

「姫季さん、今……何て」

千香子は無理やり舌を動かした。

「わたしが中条さんを殺しました。そう言ったの」

凛子は胸に軽く手を添えた。あの青い宝石の指輪をしている。

「冗談は……つまらない冗談なんて言わないでください」

「冗談？　まさか。わたしは至って真面目ですよ、仙道さん」

「冗談に決まってます。姫季さんがオーナーを殺さなきゃいけない理由なんて、何にもないでしょ」

凛子が肩を竦め、片頰だけで笑みを作る。はすっぱな小娘のような仕草だった。それから、そこにいる一人一人に視線を巡らせる。

「みなさんは、中条さんの意図に気が付いていたのかしら。ここ『ユートピア』を舞台に、殺人劇を演出しようとしたことに」

「殺人劇？」

とっさにその意味が理解できなかったのだろう、優太の黒目がうろついた。

「そう、殺人劇よ。出演はスタッフの面々。第一幕は、中条さんがみなさんに自分の遺産の相続を持ちかけるところから始まる。中条さんは、あなたたちスタッフに餌を撒《ま》いたの。あなたたちの欲望が剝《む》き出しになり、さらに高じて、誰かが誰かを殺す場面を期待してね。そして、結果は、中条さんの思い通りになった」

「まさか。万が一そうだとしても、何のためにオーナーがそんなことを企てたりするんです」

優太の視線が凜子の全身をさっと撫《な》で、そのまま千香子へと移る。

姫季さん、少しおかしくなってんじゃないですか。

視線はそう語っていた。

いいえ、姫季さんは正気だ。とても、正気だ。

「中条さんが、後僅《わず》かしか生きられない病人だったからよ。中条さんは自分の余命を知ったときから、この計画を練っていたんじゃないのかしらね。自分一人で死んでいくんじゃなくて、あなたたちの幾人かを道連れにしてやろうってね。あなたたちが殺し合ったり、傷付けあったり、諍《いさか》うのを特等席で見てやろうと考えたの。自分で演出した劇を、自分のためだけの劇をたった一人の観客として嗤《わら》いながら観ている。そのつもりだったのよ」

まさかと、誰かが呟《つぶや》いた。

まさか。

「そんなの信じられない」

これは、明菜の呟きだった。

「そう？　いるわよ、そういうタイプの男。ごろごろいるわ。ある程度の財産と地位、ときに名誉を得て、自分を万能に近いと思い込んでいる道化役者がね。周りを自分の思いのままに動かせると信じ、動かそうとする。支配できると信じてしまう。中条さんもそういう男の一人だった。一目見て、わかったわ。彼は神になりたかったのよ。『ユートピア』という小さな世界でなら、それが叶《かな》うと思っていた。神であることで死の恐怖から逃れたかったのかもしれない。道化役者か臆病《おくびよう》者か。いずれにしても、たいした男じゃないわ。そんな男の企てにあっさり乗ってしまって、島村さん、失礼だけど、あなた少し考えが足らなかったわね。先生の言う通り、放っておけばよかったのよ。もちろん、一番馬鹿なのは西船さんだけど」

凜子の言葉は辛辣《しんらつ》だった。由美が項垂《うなだ》れる。

「西船さんが殺されたと知って、わたしはすぐに決心したの。中条さんを殺そうって。生きていたら、この先、また何を企てるかわかったもんじゃないもの。だから、わたしがこの手で始末してあげようと思ったの」

姫季凜子の手で殺されるなんて、すばらしく幸運な男だわ。

凜子は無言のままにそう言っている。千香子には、その科白《せりふ》が聞こえた。

「あっ、誤解しないでね。わたしはあなたたちを救おうなんて、薄っぺらな正義感や義侠心《ぎきょうしん》で動いたんじゃないわ。辛抱ができなかっただけ。自分を全能だと思い込んでいる馬鹿な男にどうしても辛抱ができなかったの」

「それで、中条さんの部屋に忍び込んで彼を殺したわけですか」

野田村が問いかける。息が荒く、額にうっすら汗が浮いていた。

「忍び込んだりしませんよ。堂々と中条さんにドアを開けていただきました。退屈しているから話し相手になってくれって頼んだら、すぐに部屋に招き入れてくれました。少し、中条さんとお話をして、それからナイフで刺したの。わりに簡単だったわ。舞台では何度も男を刺したけれど、あまり変わらなかった。中条さん、声もたてませんでしたよ」

「嘘です」

千香子は叫んだ。

我慢の限界だった。

身体中の血が発熱しながら蠢《うごめ》く。

嘘だ、嘘つき。

「そんなことあるわけない。でたらめを言わないで」

凜子がゆっくりと顔を向ける。

何の感情も読みとれない。

「でたらめ？　なぜ、そう言い切れるの、仙道さん」

「それは……、それは……」

凜子がうなずき、艶《あで》やかに笑んだ。

「あなたが真犯人を知っているからかしら、ね」

千香子は息を吐き出す。

身体に痞《つか》えていたもの全てを吐き出す。胸が少し楽になった。

「そうです……」

凜子を見すえる。

そうです。わたしは知っています。

「わたしが、殺しました」

野田村が立ち上がる。イスが倒れた。

由美と明菜と優太は、何も理解できなかったらしい。口を半ば開けたまま、千香子を凝視する。誰の視線も動かない。

「わたしが中条を殺しました。薬殺です。血液中に栄養剤と偽って、致死量の筋弛緩《きんしかん》剤を投与しました」

「馬鹿な……そんな馬鹿な。仙道さん、あなたがそんな」

野田村が喘《あえ》ぐ。本当に酸素が足らないのか、顔には血の気がまったくない。

「動機はなに？　まさか、わたしと同じじゃないでしょ」

「復讐《ふくしゅう》です」

凜子の眼を見詰め、答える。

「中条はわたしの家族を破滅させました。母を誘惑し、家族を捨てて逃げようともちかけた。そして、父に母を殺させた。その張本人です」

最初に出会ったときからわかった。

あの男だ。

雑貨の行商人。

母を戯れに玩《もてあそ》び、父を妻殺しにまで追い込んだ男。千香子から、ことごとくを奪った男だった。

千香子は一度だけその男を見たことがあった。家の前で、母と親しげに話をしていたのだ。そのときの母の上気した顔が美しくて、妖《あや》しくて、物陰から男と母を見ていた。怖い、怖いと感じながら見ていた。あのとき、幼い千香子は一月後の悲劇と残虐を予知していたのだろうか。

恐怖と共に、男の顔様が心に焼きつく。

だから見間違いなどしない。

中条秀樹は、あの男だ。

「中条はわたしのことを知っていたと思います。仙道という名前は、わりに珍しいですし、出身地や年齢を調べれば、わたしとあの事件を結びつけるのは容易《たやす》いですから。ええ、中条は、あの男はわたしのことを調べ上げた上で雇ったという気がしてなりません。それに、先生のこともです」

野田村が口を閉じ、棒立ちになる。

「失礼ですけれど、少し調べさせてもらいました。気になったからです。中条がなぜ先生を選んだのか、医者としての力量だけではない何かがあると。お兄さま、自死なさったのですね。造園の仕事に行き詰まり、店も家も借金の形《かた》に奪われたあげく、自ら命を絶った。お兄さまを破滅させたのは、中条の経営する金融会社ではなかったのですか。言葉巧みに融資の話を持ち出し、高利を背負わせ、全財産を奪う。それが中条の手口でした。中条は、むろん、先生のことも知っていたのです。その上で、わたしたちを『ユートピア』の看護師と医師に選んだ。先生、わたしたち、中条に選ばれたヒーローとヒロインだったんですよ。自分が破滅させた者の家族をスタッフ……舞台の出演者に加える。それを嗤《あざわら》いながら眺める。悪質な演出ですよね」

野田村の実兄が自死したことは、地方版の新聞記事になっていた。インターネットで検索し、その事実を知ったとき、中条の意図がはっきり摑《つか》めたと思った。殺意が、それまであやふやだった殺意が、固まった瞬間でもある。

「虫唾《むしず》が走るほど悪趣味ですよ。殺されても仕方ないほどの悪趣味だわ」

凜子が身震いする。

「姫季さんはどうして、わたしが犯人だと思われたのです。あのとき、わたしが中条を殺害したとき、部屋には人の気配はまったくなかったはずです」

「そうね。本当のことというと、わたしが中条さんの部屋に入ったときには、既に彼は死んでいたの。あ、ごめんなさい。彼を殺そうと決意したとき、合鍵《あいかぎ》をくすねてたのよ。わたし、泥棒も得意なのね。でも、中条さんは死体になっていた。わたしは、胸にナイフを突き立てたの。死者は抵抗しないから、わたしでも何とか上手《うま》く刺し通せましたよ。とても簡単だったわ。それで床からイスに移して、それはちょっと難儀だったわね。おかげで腰を痛めてしまったわ。仙道さん、わたしね、犯人はあなたか野田村先生かどちらかだと思っていましたよ。とても、手際のよい殺人なんですもの。

だから、あなたと一緒に中条さんの部屋についていったの。アイリッシュコーヒーを運ぶあなたとね。そして、確信したわ。中条秀樹を殺したのは仙道千香子だって」

「それはなぜです」

「あなた、中条さんの死体を一目、見るなり、言ったじゃないの。『こんなことあるわけがない』って。『死んでる』でも『殺されている』でもなかった。『こんなことあるわけがない』って言ったのよ。床に倒れていたはずの死体がイスに座ってナイフを突き立てられている。そりゃあ、驚くわよね。あの一言を聞いたとき、わたしは確信できたのよ、仙道さん」

千香子は髪をかき上げた。

少し笑ってみる。

これで終わった。

全てが終わった。

あとは警察が到着したとき、有りの儘《まま》を告白すればいい。

窓の外を見る。

闇があった。

明けることが信じられないほどの深い闇だ。

千香子は目を閉じる。

自分の内にも闇が広がって行く。

この闇に光がいつか灯《とも》るだろうか。

わたしのような者でも救われることがあるだろうか。

誰かが答えてくれた気がする。

少年の声だった。

大丈夫。あなたは独りじゃない。

あなたの傍らには誰かがいる。

「仙道さん、あなたほどの人が殺人なんて……そんな方法で復讐を謀るなんて、ぼくはまだ、信じられません」

野田村に笑いかけてみる。

凜子には及びもしないが、なかなか上手に微笑めたと思う。

「これ以上、玩具《おもちゃ》にされたくなかったんです。中条は自分に恋した母を、母を殺した父を、わたしや祖母を玩具、いえ、がらくたのように扱いました。何の意味もない塵《ちり》くずのように。これ以上、我慢できなかった。でも、でも、だからといって殺人を正当化するつもりはありません。わたしは犯してはならない罪を犯した。そのことはよく理解しています」

「仙道さん」

「先生はむろん中条の正体はわかっていたでしょう」

「ええ。さすがに、殺人劇のことまでは思い至りませんでしたが」

「それなら、中条を殺したいと、一度もお考えになりませんでしたか」

野田村はしばらく黙り、考えましたと答えた。

「真剣に考え、眠れぬ夜もありました。でも、もし由美を愛してなかったら、ぼくも仙道さんと同じことをしたかもしれません。それなのに……なぜ……ぼくは誰かを殺すのではなく、由美と一緒に生きたいと思ったんです」

由美が突っ伏し、切れ切れの泣き声をあげる。

そうか、愛せばよかったのか。

憎むのではなく、愛すればよかったのか。

ただ一途《いちず》に自分の愛を信じさえすればよかったのだ。

先生にできたことが、わたしにはできなかった。由美さんにもできなかった。どうしても、できなかった。殺人者になることと人であり続けること、分岐点はそこにあったのか。

「ちょっと待ってくれよ。おれ、頭がこんがらがっちゃって、わけわかんないです。静江さんを殺したのが由美さんで、オーナーを殺したのは仙道さん。それで、由美さんと野田村先生は恋愛関係にあって……。みんな、なんでそんなにややこしい関わり方をしてんだよ」

優太がぶるぶると頭を横に振った。何かを振り払っているような仕草だ。

「優太くん、あなたはどうなの」

「え？」

「ずっと気になってたの。崖崩《がけくず》れの夜、あなたはどこにいたの？」

優太の黒眼が左右に揺らいだ。

「そりゃあ、家にいました。崖崩れのニュースをテレビで見たもんだから、慌てて、飛んできたんじゃないですか」

「いつ、そのニュースを知ったの」

「え……」

「崖崩れのことをわたしたちが知ったのは午前八時前だったわ。崖崩れによって孤立した『ユートピア』にまず、連絡が入ったのね。それより先にニュースで流れるってことはなかったはずよ。つまり、あなたが崖崩れによる『ユートピア』の孤立を知ったのは、どんなに早くても午前八時を過ぎていたでしょう。これは、テレビ局に問い合わせればわかることだと思うけど」

「……何が言いたいんです」

「早過ぎないかってこと。あなたが、わたしに声をかけてきたのが十時を少し回ったころだったわ。普通でも車で四十分近くかかる道よ。あなたは、崖崩れの現場を一人で越えて、当然、そこからは徒歩になると思うけれど、僅《わず》か二時間足らずでここまでやってきた。文字通り飛びでもしないかぎり、無理なんじゃないかしら」

優太は黙っている。

黙って千香子を見ていた。

「それに、崖崩れを越えてきたにしては、きれい過ぎたわね。汚れていたのは手のひらだけなんですもの」

ため息が出る。

自分の一言、一言が苦い。痛い。重い。

優太はやはり何も言わない。

「優太くん、あの夜、あなた、家には帰らなかったんでしょ。ずっと、『ユートピア』のどこかにいたのよね。そして、翌朝、適当な時間に何食わぬ顔で現れた。違う?」

由美が大きく息を吸った。

明菜が身体を縮める。

優太は無言のまま、微動だにしなかった。瞬《まばた》きさえしない。

「優太くん、答えなさい。あの夜、あなたは『ユートピア』のどこにいたの。何をしていたの」

優太の口が開いた。

長い、長い息が漏れる。あまりに長く息を吐き続けるものだから、そのまま倒れてしまいそうで心配になる。

「仙道さんって、やっぱ、頭いいんですね。感心しちまう」

「ごまかさないで。ここまできて、ごまかしても仕方ないのよ」

優太の鼻の頭に皺《しわ》が寄った。

「おれが言わなくても、仙道さん、わかってんでしょ」

挑むような光が若い眼の中を走る。

その眼から千香子は視線を逸《そ》らした。

「……オーナーの部屋にいましたよ」

顔を俯《うつむ》け、優太が答える。

部屋の空気が揺れた。

「一週間に一度、休みの前日にオーナーに報告するように言われてたんです。あの夜もオーナーの部屋で報告書を読みあげていました。あの人、安楽椅子に座って聞いていました。薄笑いを浮かべながら。いつも、そうなんです。おれのやっていることがばれないように、毎回、みんなが寝静まってから帰るようにしていました。いったん『ユートピア』を出て、車を隠し、暗くなってからオーナーの部屋に行くんです。あの夜は、嵐がすごかったので、ぐずぐずしていたら帰れなくなってしまって、ずっとオーナー専用の客室にいました」

「報告って、何をだ？」

野田村医師が優太の顔を覗《のぞ》き込む。そこに、答えを読み取ろうとするかのようにまじまじと見詰める。優太の口調が俄《にわ》かにたどたどしくなる。呼吸が乱れる。顔が俯く。

「だから……みんなの……スタッフの様子を詳しく報告するようにって……」

野田村が身体を起こし、息を吸った。

「おれ、『ユートピア』ができたときから、オーナーのスパイだったんです。特に仙道さんと野田村先生のことは、どんな些細《ささい》なことでも報告するように言われてました」

俯いたまま、優太が続ける。

「由美さんと先生のことも、静江さんがお金に困っていたことも、あなたがオーナーに報告したのね」

「そうです」

風が吹く。

悲しげな歌のような音がする。

「静江さんが由美さんを脅すように仕向けたのも……」

「おれです。オーナーからの命令でした。『由美さんと野田村先生が遺産を辞退したら、ものすごい金額が手に入るんじゃないか、オーナーは二人が本当に不倫をしているのなら許さないはずだから。でも確かな証拠がない』って。ずっと、静江さんに話していました。オーナーの指示のままにです」

「あなた、それで静江さんが殺されるとは考えていなかったの」

「考えませんでした」

優太がきっぱりと言い切った。

「誰も考えないと思います。あまりに馬鹿げているじゃないですか。おれ、オーナーの言う通りに動きはしたけど、内心は馬鹿馬鹿しいって嗤《わら》ってました。静江さんが由美さんを脅すところまでは、もしかしたらって思ったけど。正直、そこまでは想像してたけど、でも、由美さんが、殺人を犯すなんて思ってもいなかったんです」

由美が小さな悲鳴を漏らす。

優太がまた、俯く。

「仲間をスパイするなんて、嫌でたまらなかった。でも、正確な情報を集めてくれば、給料の何倍もの報酬をやるって言われて、遺産も確実に手渡してやるって言われて……断れませんでした。金が、おふくろに楽をさせてやる金が欲しくて」

「シナリオを書くための情報を集めたかったわけね」

凜子の声が響く。

全員が一斉に凜子に顔を向けた。

人々の視線を一身に受けることに慣れ切った大女優は、艶然《えんぜん》と微笑み、胸を張る。

「下手な脚本家ほど情報を欲しがるものよ。中条さんは情報を集めて、あなたたちが自滅していくシナリオを書きながら、何度も書き直しながら楽しんでたんでしょ。自分一人が死んでいくのではなく、あなたたちを道連れに滅んでいく筋書きをにたりにたりと笑いながら、綴《つづ》っていたのよ。お金で仲間も売る、同僚も脅す、やがて殺し合いをしてくれればってね。本当に、あきれるほど下賤《げせん》で稚拙なシナリオだわ。そのシナリオ通りに動く役者も、どうかと思うけれどねえ」

凜子は優雅な仕草で、頰に手を添えた。

「もっと早く殺しておけばよかったわねえ。わたしとしたことが後手に回ってしまうなんて、口惜しいこと。これが老いるってことなのかしら」

「……すみません」

優太がテーブルに突っ伏す。

「わかってました……おれがどれだけ、卑しいことしてるかって……でも、でも、金が欲しくて……欲しくて……仕方なく……」

肩が震える。若い嗚咽《おえつ》が痛々しい。

「どんな理由があったって、卑しい行いは卑しいままですよ」

凜子が言い捨てる。

「あなたは、卑しい自分を一生背負って、生きるのよ。それを忘れなければ、でもまあ、何とでも取り返しはつくものよ。それに、どんな卑しい行いも人殺しよりはましですものね。ねえ、仙道さん」

「はい」

その通りだ。うなずくしかなかった。

「わたしね、正直、あなたには少しがっかりよ。もう少しちゃんと真実が見えている人かと思っていたのに」

「え？　それは……」

どういう意味なのだろう。凜子は謎めいた笑みを浮かべる。

「わからないの？　あなたは最後まで、中条の忠実な役者のままだったのよ。中条の思い通りに動いた忠実なヒロインよ」

凜子は大きく息を吸い、背筋を伸ばした。家臣を睥睨《へいげい》する女王そのものだ。

「中条はね、死ぬのが怖かった。一日一日近づいてくる死に怯《おび》えていたのよ。ちょっと話をすればわかることじゃない。怯えてるくせに自分で死ぬこともできなかった。怯えていたから死ねなかったのかしらね。ふふ」

「だから、わたしたちを巻き添えにして……」

凛子がかぶりを振る。

「仙道さん、中条はあなたに殺されることを望んでいたのよ」

瞬《まばた》きができない。ただ、凛子だけを見つめ続ける。

「たぶん、中条はあなたのことを愛していたのだと思うわ。前にも言ったでしょ。あなたは、とてもきれいだって。もしかしてだけど、お母さまに似ていらっしゃるんじゃない？　これも、もしかしてだけど、中条はお母さまのこと、案外真剣だったのかもしれないわね。だからエレベーターであんな真似をした。あの男、本気であなたに触れたかったのよ。まっ、あんな男の本気や真剣なんておぞましいだけ、だけど」

「中条が、わたしに殺されることを望んでいた……」

不意に指が疼《うず》いた。中条が口に含み、傷付けた指が疼く。その疼きに引きずられて、中条の唇が浮かんだ。千香子が振り払ったはずみにエレベーター内に転がった、あのときの唇だ。もぞりと動いた。「佳美」。そう動いたのではなかっただろうか。

「そうよ。あなたの性格や生き方から、あなたをどんな風に追い詰めたら殺人者になるか、考え考え、あなたを操ったのよ」

凛子が真正面から千香子を見る。強い視線だった。

「あなたは中条の思う通りに動いたわ。そして、あの男を殺したの。ねぇ、仙道さん。あなた中条の口元に薄笑いがこびりついていたのに気がつかなかった。あの男、笑いながら死んだのよ。わたしが、口元にたっぷり血を塗りつけてやったけどね」

目を閉じる。

身体の中が空《うろ》になっていく。

「だいじょうぶよ、仙道さん」

空の中に美しい声が響く。

「わたしが証人になってさしあげるわ。あの男の下劣なシナリオとあなたが殺人を犯さざるをえないほど追い詰められていったこと、残らず法廷で証言してあげる」

「姫季さん、でも、あの……」

「そういえば、殺人者の役も殺人者の恋人も母も、全部、演じてきたのに、全てを知っている証人の役は一度もなかったわねえ」

風が鳴る。

さっきより、激しく鳴り続ける。

由美を抱きかかえるようにして野田村が出ていく。優太は一人、肩を落として去って行った。

野田村がついていれば、由美は自ら命を絶つことはないだろう。優太はぎりぎりかもしれないが、一人で自分自身を背負えるだろう。

千香子は、イスに腰を下ろし風の音を聞く。

空っぽになった身体の中を、冷たい風が吹き通っていく。

空っぽだ。

「仙道さん」

呼ばれ、視線を上げる。明菜の白い顔が目の前にあった。

「だいじょうぶですか」

「あ……ええ、だいじょうぶよ。心配してくれてありがとうね。明菜さん、こんなときだけど、明日《あした》の食事の用意、お願いね。警察が来るまでは、わたしも由美さんも通常通り勤務できるから」

明菜が息を呑《の》み込む。

「こんなときでも、お仕事の話ですか」

「そうね。だって……それしか、わたしにはないから」

明菜が呑み込んだ息を吐き出した。

「寂しすぎません、仙道さん」

暗い、陰鬱《いんうつ》な声音だった。

明菜のものとは思えない。

「由美さんは刑期を終えて出てきてもきっと、野田村先生が待っていてくれると思うんです。でも、仙道さんは、誰か待っていてくれる人がいるんですか」

明菜を見上げる。

何の感情も浮かんでいない、昏《くら》い眼をしていた。

何て昏いのかしら。

「これからも、ずっと独りぼっちで生きるんですか。しかも、殺人の記憶を背負って……。仙道さん、そんな人生に耐えられるんですか。一人で背負い続けていけますか」

頭が疼く。

「そんな人生、辛《つら》すぎます。苦しいだけじゃないですか。わたしなら、わたしなら、耐えられない。死んだ方がましって思ってしまいます」

タエラレナイ。

シンダホウガマシ。

視界の隅に何かが光った。鈍く光る。

メスだ。

さっき、由美が握っていたものだ。

千香子が拾いテーブルに置いた。

「何の希望もない未来なんて、いらないでしょう。わたしなら、いりません。生きている意味なんてないもの」

ナンノキボウモナイミライ。

イキテイルイミナンテナイ。

千香子は立ち上がった。

鈍い光に吸い寄せられる。

「誰にも愛されず誰も愛さないで、殺人の記憶だけが残っているなんて、そんなの惨《むご》すぎます。辛すぎますよ、仙道さん」

ダレニモアイサレズ
ダレモアイサナイデ
サツジンノキオク
ムゴスギル
光が見える。鈍く、でも、煌《きら》めいている。

千香子は、唾《つば》を飲み込んだ。

「仙道さん」

耳の奥で声が響いた。

誰のものだろう。

「千香子」

これは、祖母だ。

千香子、おはぎを作ったで、おあがりな。

「千香ちゃん」

母の声だ。

こっちにおいで。髪を結わえてあげるから。

父の声もする。友だちのマミちゃんの、芳子《よしこ》ちゃんの声がする。

千香子、父さんと風呂《ふろ》に入るか。ちぃちゃん、あ・そ・ぼー。千香ちゃん、そのスカート、よう似合《にお》うとるねえ。

あぁそうだ、そうだ。

思い出す、思い出す。わたしの周りには、たくさんの優しい温かな言葉があった。

「千香子、あれを海の白兎と言うんぞ」

父だ。父が教えてくれた。家族で海辺の町に旅行したとき、千香子を抱き上げ海原を見せてくれた。思い出す。思い出す。

千香子、千香ちゃん、ちぃちゃん……。

「仙道さん」

くっきりと鮮やかに、現《うつつ》の声が鼓膜を震わせる。

少年が立っていた。

白兎という少年だ。

「仙道さん、しっかり眼を見開いて」

え？　眼を？

「ちゃんと見なさい。あなたなら、見えるはずだ」

見る？　見るって何を？

千香子は瞬《まばた》きし、眼を凝らす。

明菜が見えた。

両手を祈るように胸の前で組み、無表情で立っている。感情も血の気もない顔だ。

「明菜さん……よね」

「そうです。決まっているじゃないですか」

千香子は明菜から白兎に視線を移した。そして、また、明菜に戻す。視線の隅にうずくまるメスの光。

あっと声をあげそうになった。

「明菜さん、あなた、由美さんに何か言った？」

明菜は首を傾げ、瞬きをする。問われた意味がわからない。そんな仕草だ。一歩、前に出る。

「由美さんは、なぜ自殺しようとしたの。なぜ？」

「それは、だって、静江さんを殺したからでしょ。自分のやったことに耐えきれなくなったからでしょ。由美さんがそう言ってたじゃないんですか」

「どうして、耐えきれなくなったわけ？　由美さんなら、いつか自分の罪を自白していたと、わたしは思うわ。何よりまず、野田村先生に打ち明けていたでしょう。そして、警察に自首する。ええ、おかしいわよね。愛する野田村先生に何も告げないまま、唐突に自殺を図るなんて、わたしの知っている由美さんとは思えない」

しゃべっているうちに、胸の中でもやもやと渦巻いていただけの違和感が確かな形になる。

由美はベテランの看護師だ。

人の生と死の現場にずっと付き添ってきた。

千香子の目から見ても、人としての温かみと冷静さを併せ持っている。だからこそ、野田村も由美を愛したのだろう。

その人が、ああまで錯乱して死を選ぼうとした。

いや、それならば、静江を手にかけたこと自体が不可思議だ。いくら、野田村と自分の未来を守るためとはいえ殺人という最悪の手段を選ぶなんて、考えられない。

さっき優太も言っていたではないか。

由美さんが、殺人を犯すなんて思ってもいなかったんです。

わたしは中条に操られた。操られる隙があったからだ。でも由美さんは、どうしてそこまで追い詰められたのだろう？　傍らには野田村先生がいたのに。

おかしい。

とても、とても変だ。

「明菜さん、由美さんと二人になったとき、何を言ったの」

明菜は無言のまま立っていた。

息さえしていないようだ。

人とは見えない。人形か死体のようだ。意思も生命もない何かのようだ。

「あなたなのね」

喉《のど》が塞《ふさ》がれたようで、息も声も真っ直ぐに出ない。

「あなたが……由美さんを唆《そそのか》して、殺人や自殺に誘《いざな》ったのね。静江さんのマグカップにコーヒーを入れたり、日誌を広げたりしたのも、あなたね。由美さんを追い込むために細工をした。そうなんでしょう」

「唆したなんて言い過ぎですよ、仙道さん」

無表情のまま、明菜が答える。唇だけが動いていた。

「あたしはただ、思ったことをささやいただけです。それ以上のことは、何もしていませんよ。ええ、何にもしていませんよ」

ヒトヲコロシタヒトガ、イキテイテ、イイノカシラ。

ジブンノイノチデ、アガナウヨリ、ホカニ、ショクザイノホウホウハナイデショウ。タニンヲコロシタンデスモノ、イキテイチャアダメデスヨネ。ミンナニ、ミンナニ、メイワクヲカケル。トクニ、イチバンタイセツナ、イチバンイトシイヒトヲ、クルシメル。

ダカラ、イキテイチャア、ダメナンデス。

由美の焦点のぶれた眼を思い出す。

あれと同じ眼をして、静江を縊《くび》ったのだろうか。

シズエサンハ、アナタヲハメツサセヨウトシテイル。

アナタトアナタノアイスルヒトヲ、ハメツサセヨウトシテイル。

「明菜さん、あなたは何者なの。いったい、誰！」

明菜がゆっくりとかぶりを振る。その唇がにっと横に広がる。

「やだなあ、仙道さん。いえ、看護師長。わたしはわたしですよ。伊上明菜です。『ユートピア』のスタッフになったときからのお付き合いじゃないですかあ」

「嘘よ。わたしの知っている明菜さんは、こんなことしないわ」

「こんなことって？」

「とぼけないで。由美さんを唆して……、いえ、由美さんだけじゃないわ。もしかしたら、静江さんも唆したんじゃないの。由美さんを脅すように唆した」

言葉にすれば、そうとしか思えなくなる。

優太がいくら持ちかけたとしても、静江がそう簡単に強請《ゆす》りを行うとは考え難い。静江の為人《ひととなり》には善良で律儀な面もあるのだ。二児の母親でもあり、その子たちを大切にしていた。よほど言葉巧みに煽《あお》られなければ、強請りなどに手を染めるわけがない。

「ちょっと、ちょっと、仙道さん、誤解しないでもらいたいんですけど。あたし、ほんとに何にもしてないですよ」

明菜の声音が、甘ったるく纏《まと》い付いてくる。こんな物言いをする者だったのか。

「そりゃあ、ほんの少しばかり思ったことをささやきはしたけれど、それだけです。あたしが誰かを殺したわけでも、強請ったわけでもない。それにね、あたしが幾ら何を言ったって、その人の心に殺意や欲望がないと、響きゃしないですものねえ。あたしがやったのは、芽を出そうとしている想いの先っちょを引っぱって、少しばかり伸ばしてやった。うん、それくらいかな」

「あなたが、みんなを操っていた……わけね」

「だから、そうじゃないですって。あたしには人を操ることなんてできない。その人が隠し持っている心を掻《か》き立てることはできてもね。由美にしたって静江にしたって優太にしたって、金を得るためなら、男との秘密を守るためなら、何だってする。そんなどろどろした感情を隠し持ってたんですよ。だから、他人を強請れたし、殺せたんじゃないですか。中条なんてのは、ほんと、わかりやすいタイプでしょ。さんざんあくどいことをして儲《もう》けてきたのに、いざ、死ぬとなると一人で逝くのが怖くて怖くて、スタッフを道連れにしようと目論《もくろ》んだ。仙道さんに殺されたいと望んだ。ふふっ。でも、仙道さんってすごいですよね。あなただけですよぅ。百パーセント自分の意志で殺人を犯したのは。見事なもんです。完璧《かんぺき》な殺人者だわ」

「……あなたは何者なの」

明菜がまた、笑う。屈託のない笑み。無垢《むく》にさえ見える笑顔。

「だからぁ、わたしはわたしですよ。何度言わせれば気が済むんですか」

千香子は目の前の女を見る。ただ、見る。悪寒がした。肌が粟立《あわだ》つ。吐き気が込み上げてくる。どうしてだかわからない。でも、身体が震えるほどおぞましい。

「見えましたか」

白兎がささやいた。

「見えるというより、感じる。とても強く感じる。何なのこの嫌な感覚は」

「それが明菜さんの本性ですよ。人と人とを傷つけ合わせる、殺し合わせるのが何よりも好きでたまらない人です。そうやって生きてきた人なんです。三年前のS市で父親が妻と子ども二人を殺害した事件も、昨年、M県で一人暮らしの男が隣家の家族を襲って大怪我を負わせたのも明菜さんの仕業です」

「そんな、そんな人がなぜ『ユートピア』にいるの」

声の震えを必死で抑える。喉が渇く。痛いほど渇いている。

「わかるんですよ。自分の獲物がどこにいるかが。様々な想いを隠し持っていて、今にも溢《あふ》れそうになっている人たちを嗅《か》ぎ当てる。そんな力が具《そな》わっているんです」

不意に明菜が笑い出した。けたけたと甲高い笑い声が反響する。

「やだ。何もかも見破られてるぅ。そうよ、わたしがやったの。実際には手を下していないけれどね。ふふ、そう、あたしはなーんにもしていない。ただ、感じ取れるだけ。人の心の内にあるどす黒い感情がね。みんな、気が付かない振りをしているそれを目の前に突き付けてあげるの。ほら、あなたは、こんなにもあの人を憎んでいる。怨《うら》んでいる。妬《ねた》んでいる。怖がっているってね。そういうの罪になる？　ならないわよね。だって直接、誰かを殺したわけじゃないもの。仙道看護師長よりずっとまともだわ。そう、わたしは誰も殺してないの。だ・か・ら」

明菜が片目を閉じる。

「わたしを罰すること、誰にもできないの。看護師長は捕まって、裁判にかけられて、刑務所行きだけどね。あたしは自由に生きられるわ。さて、今度はどこの誰を」

千香子の耳を掠《かす》め風が起こる。白い光が走った。

明菜が目を開けたまま、棒立ちになる。半開きの唇の端から涎《よだれ》が、長い筋になって垂れた。千香子は両手で口を覆った。
明菜の胸に白い薔薇《ばら》が咲いている。違う。咲いているのではない、突き刺さってい
るのだ。真っ白な薔薇の茎が深々と刺さっている。
「それが、おまえの罪の印だ」
白兎が告げる。明菜はよろめき、壁に肩をぶつけた。
「白い薔薇の目印だ。どこにいてもよくわかる。その時が来たら、おれが迎えに行く。
おまえを逃がさない。必ず連れて行く」
白兎は明菜に向かって手を差し出した。白薔薇が明菜の内に沈んでいく。沈み、消
えていく。明菜が震える手で胸元を触った。一滴の血さえも零《こぼ》れていない。
「なに、なによこれ？　連れて行く？　あ、あたしをどこに連れて行くつもりなの」
「還《かえ》るべき場所だ。おまえはいずれ彷徨《さまよ》う魂になる。人の心を失った者は現実の肉体
がなくなったとき、この世を彷徨ってしまうのだ。生きた者の世界にしがみつく。そ
うなったとき、おまえの胸に白い薔薇が咲くだろう。散らないまま咲き続ける。そう
遠い未来じゃない。もうすぐだ。もうすぐ、おまえの肉体は滅びる」
「なに、それ。あたしが死ぬっていってるの」
「そうだ」
「馬鹿言わないで。あたしは若いのよ。まだ、これからたっぷり時間があるの」

白兎がひょいと肩を竦《すく》めた。薄笑いが浮かぶ。

「若いから寿命が長いと言い切れないさ。ふふ、人の命を玩具《おもちゃ》にすれば、自分の命も崩れていくんだ。知らなかっただろう。知らずに他人を遊び道具にしていた。愚かだったな。もう、おまえの命はぼろぼろさ。罅《ひび》割れ、砕け、消えようとしている。覚悟しておくんだな。おれが行くまで、悪あがきせずに待ってろよ」

「ふざけないで。あたしは、死んだりしない。死んだりするもんか」

明菜は叫びながら、外へと駆け出して行った。闇がすぐに、華奢《きゃしゃ》な身体を呑《の》み込んでしまう。静寂がずしりと伸《の》し掛かってきた。重量があるわけもないのに、潰《つぶ》されそうだ。「千香子さん」。白兎に呼ばれた。顔を向ける。

「あなたに名前を呼ばれたのは初めてね」

「千の香りの子。いい名前ですよ。だれが付けたのでしょうね」

「さあ、誰かしらね。あなたの名は誰の命名なの？　神さま、それとも、悪魔かしら」

「まさか。誰だろうな。うーん、考えてもしょうがないな」

「白兎くん」

「はい」

「明菜さんは、どうなるの。本当に死んでしまうの」

「でしょうね。あそこまで歪《ゆが》んで、軋《きし》んだ魂がそうそう持つわけがない。どういう死に方をするのかまではわかりませんが。もう時間の問題でしょうね」

「もし、そうなったら、明菜さんが亡くなって……亡くなったのに自分の死を信じないで彷徨うことになったら、あなたが迎えに行くの」

白い薔薇を目印にして。

まるで現実離れしたことを言っている。作り話、御伽噺《おとぎばなし》、馬鹿々々しい。魂ですって、魂が砕けるですって。馬鹿々々しい。ほんと馬鹿々々し過ぎる。

でも笑えない。一笑に付せない。全て、真実なんだ。

「ええ。この世にいてはいけない魂を還すのが、おれの役目ですから」

白兎が真顔で答える。

「自分が彷徨っていることを知らない魂……凜子さんの息子もそうでした。突然に命を断ち切られたからではなく、母親のことが心配でこの世を離れられなくなっていた。自分を失った母親がどれほど脆《もろ》いか、よく理解していたから。ええ、彼は知っていました。自分の実の母親が誰か知っていた。そして、守りたいと望んでいた。それができなくなって、迷い彷徨ってしまったんです。けれど、凜子さんの白兎は還るべき場所に還りました。おれが送り届けましたから」

浅く息を吸い、吐く。

「では、あなたは姫季さんの息子さんではないのね」

「母親を案じて彷徨う彼の魂を死者の世に運びました。そのとき、彼に約束したんです。彼の代わりに、彼の母が生きている間、見守り続けると」

千香子はテーブルに手をついた。

どこまでが現実でどこまでが夢なのか。

全て現実。

全て夢。

「償うことはできるかしら」

呟《つぶや》きが漏れた。

「人を殺した罪を償うことなんて、できるのかしら」

「わかりません」

白兎が千香子の手の上に手を重ねる。

温かな手だった。

「おれにわかっているのは、あなたはまだ、生きねばならないということだけです」

千香子は顔を上げる。白兎の眸《ひとみ》を見詰める。

そこに千香子が映っていた。

「死んではいけない」

眩暈《めまい》がした。目を閉じる。

この声を知っている。

ずっと聞き続けた声だ。

父が母を惨殺したとき、恋人に去られたとき、孤独が身体の芯《しん》まで染み込んできたとき、聞いた。

死んではいけない。

だいじょうぶ。あなたは、独りじゃない。

あなたの傍らにはおれがいる。

「あなたは、わたしもまた見守っていてくれたの。ずっと昔から……」

「ええ。あなたが他人を救える人だとわかっていましたから」

わたしが？　人殺しのわたしが？　これほどの罪を背負い込んだわたしが、他人を救う？　そんなこと、できるわけがない。

「おれにはわかります。今までもそうだったみたいに、これからもあなたは誰かを救い続けて生きるんです。それがあなたの人生なんですよ、千香子さん」

遠くで鹿が啼《な》いた。悲し気な、しかし美しい声だった。

目を開ける。

誰もいなかった。

薔薇が見える。

窓辺に飾った白い薔薇。外の闇を背にして、咲き誇っている。
千香子は顔を上げた。
頬の上を涙が幾筋も流れていった。

エピローグ

姫季凜子が黒ずくめの服装で艶《あで》やかに微笑んでいる姿は、どの新聞にも雑誌にもテレビにも大きく取り上げられた。

実業家として知られる中条秀樹殺害の容疑者として捕らえられた看護師、仙道千香子の弁護側の証人として、出廷したときのものだ。

凜子自身が自らの殺意と死体損傷の犯行を認めた容疑者ともなっていたから、世間の耳目はこの往年の大女優の一挙一動、一言一句に集中した。

凜子は、朗々と響く美しい声で、仙道千香子被告がいかに優秀な看護師であったか、彼女の行為がいかに他者のための犠牲的なものであったか、中条自身がいかに悪意の人であったかを語った。

さながら、独り芝居の舞台のようであったと、ある大手新聞は伝えていた。

証言を終え、裁判所を出る凜子にフラッシュが浴びせられる。

凜子は、微笑みを浮かべ、頭を上げ、フラッシュの中をゆっくりと歩いていった。

仙道千香子は、六年の実刑判決を言い渡された。

凜子が『ユートピア』の自室で、息を引き取ったのはその判決が下される一ヵ月前のことだった。

数千本の白い薔薇《ばら》が棺《ひつぎ》を飾った。

何千人もの人々が棺を見送った。

その中に、白兎という少年がいたかどうかは、定かではない。

白兎という少年によせて

白兎という少年は、わたしの原風景そのものだった。

彼にまつわる物語を描き上げた今、ようやっとそのことに気が付いた。ずい分と鈍根に生まれついたものだ。

最初は感覚に過ぎなかった。

たとえば夕暮れと夜の合間、夕暮れとも夜ともつかぬ時刻（逢魔《おうま》が時とでも呼ぶのだろうか）、ふと巡らせた視線の先に彼岸花が群れ咲いていた。そういう風景を見た。ただそれだけに過ぎない。たとえば、冬の野辺を犬といっしょに歩いていたとき、何の前触れもなく、ぐわっと（本当にぐわっという感じで）遠い昔の記憶がよみがえってきた。それは冬の畦道《あぜみち》を行く葬列の記憶だった。たぶん、わたしが小学校の低学年だったころのものだ。

黒衣の一団が、光沢のある白布に包まれた棺の後をゆっくりと歩いて行く。そんなはずはないけれど、全ての音が消えていた気がした。風も凪《な》ぎ、慟哭《どうこく》も聞こえず、鳥さえ声を潜めていた。

そういう光景をぐわっと思い出したのだ。

そして、あの少年。

わたしが大学生だったころ、一度だけ出会った少年だ。半年ぶりに帰省した故郷の山道をわたしは下っていた。気紛《きまぐ》れで登ってはみたけれど夕暮れ間近な空と湿気を孕《はら》んだ風が気になって、そうそうに引き返したのだ。そのとき、麓《ふもと》から登ってくる少年とすれ違った。小学五年生か六年生か、中学生ではなかったと思う。「こんにちは」すれ違ったとき、わたしから声をかけた。少年は微《かす》かにうなずいたようだ。これもそれだけの出来事にすぎない。その少年に尻尾《しっぽ》が生えていたわけでも、光り輝いていたわけでもない。でも、不思議なのだ。あの少年はどこに向かっていたのだろう。頂上に村落はなく(もしかしたら、道さえ中途で消えていたかもしれない)、あの時間帯に山道を行く理由がわからない。今でも、あの不可思議さは胸にわだかまっている。

そういう諸々《もろもろ》が心の底に積もり、醱酵《はっこう》し、いつのまにか白兎という少年の姿となっていた。

生と死のあわいに存在する者。生を司《つかさど》るでも死を操るでもなく、人の、つまり、わたしの傍らにいる少年。そういう存在を描きたかった。その存在が照射する人の営みと、脆《もろ》さ、強靭《きょうじん》さを描いてみたかった。生きることが希望だとは思わないけれど、死もまた救済にはならないことを彼を通じて、確かめたかった。

それが物語として結実できたかどうか、正直、わたしには判じられない。読んで下さった方々に委《ゆだ》ねるしかないだろう。委ねます。

あさのあつこ

解説

池上　冬樹（書評家）

いやあ、驚いた。まさかクローズド・サークルでの連続殺人事件を題材にするとは思わなかった。外界との往来がたたれた状況下で殺人事件が連続して起きて、それを解きあかす物語だとは。あさのあつこがまさかこんな密室劇を書くとは思わないし、決してミステリには終わらずに幻想的な風味があるのもいい。本書『白磁の薔薇』がいい例だが、この白兎《はくと》シリーズは、読者の予想をこえる展開をたどる。

そう白兎シリーズである。あさのあつこの小説のほとんどは文庫化されているが、このシリーズだけは長らく絶版になっていた。具体的に書名をあげるとこうなる。

1『透明な旅路と』（二〇〇五年四月、講談社）→『白兎1　透明な旅路と』※
2『地に埋もれて』（二〇〇六年三月、講談社）→『白兎2　地に埋もれて』※
3『白兎3　蜃楼の主』※

4『白兎4　天国という名の組曲』※
（※＝二〇一二年九月、講談社ノベルスにて四冊同時刊行）
この四作が加筆訂正され、改題されて、角川文庫に収録された。すなわち
1『緋色の稜線』（『透明な旅路と』）→『白兎1　透明な旅路と』）
2『藤色の記憶』（『地に埋もれて』）→『白兎2　地に埋もれて』）
3『藍の夜明け』（『白兎3　蜃楼の主』）
4『白磁の薔薇』（『白兎4　天国という名の組曲』）
いちおうシリーズ名として、「白兎」シリーズとよんでいるが、これはやや微妙である。というのも、四作に白兎という少年が出てくるものの、決して主人公ではないからだ。むしろ各篇の主人公たちを導く役割を担っているだけで、決して白兎の物語が進行するわけではない。
第四作の本書では、白兎の出自に関わる話が出てくるものの、第三作『藍の夜明け』の冒頭におかれた時代小説的な物語の中にも白兎が出てきて、必ずしも同一人物ではない。さまよう人々の魂をあの世へと導く役割をもつ少年を「白兎」と命名して

いるだけと解釈していいだろう。

それにしても、何とも不思議な魅力にみちた連作であることか。第一作『緋色の稜線』に僕は、「魂の中に生き続ける懐かしい故郷への探索。生の中で息づく温かな悲歌だ」という推薦文を寄せたけれど、意識と無意識、現実と夢、現在と過去の間《あわい》に、妖《あや》しくも温かでノスタルジックな哀しい歌が流れていて、心地よいのである。しかも味わいは各作品によって違っていて、あえて本文庫が白兎シリーズという名称を使わない理由もわかる。

まず、『緋色の稜線』は、殺人者を主人公にした逃走サスペンスだ。ホテルで行きずりの女を絞殺した吉行明敬《よしゆきあきたか》が、車で逃げる雨の山中で、おかっぱ頭の幼女を連れた少年と出会い、成り行きで車に乗せて、「お家に帰る」という幼女と付き添いの少年を送り届けようとする。山間の温泉宿にたどり着き、そこで様々な出来事がおこる。

第二作の『藤色の記憶』は、記憶サスペンスといえるだろう。心中を約束しながら土壇場で怖気《おじけ》づいた男によって、ひとり仮死状態のまま地中に埋められた城台優枝《じょうだいゆえ》は、一人の少年によって救い出される。男への復讐《ふくしゅう》心よりも生きる倦怠《けんたい》のほうが強く、生き別れの弟からの電話で故郷へと旅立つが、その過程でなかば封印していた記憶が蘇《よみがえ》ってきて、多くの事実と真実に気づく。

第三作『藍の夜明け』は、時代小説＋異常心理サスペンスだろう。看護師の母とふたり暮らしの高校生の三島爾《みしまみつる》は、怖ろしい夢を見た翌朝に起こる異変に悩まされていた。異変のあった夜には必ず、近隣で通り魔事件が発生していた。人殺しは、無意識のおれなのか？と不安になる三島の前に、一人の少年があらわれる。

そして第四作の本書『白磁の薔薇』は、密室殺人劇だろう。山の中腹に建つ豪奢《ごうしゃ》なホスピスが土砂崩れによって孤立し、立て続けに殺人事件が起きる。それはオーナーがスタッフに巨額の遺産を分配するという遺言を発表した矢先のことだった。看護師長の仙道千香子《せんどうちかこ》は事件を追及しようとするが、そこに美貌《びぼう》の少年が姿をあらわす。

いちおう読者の気をひくために、逃走サスペンス、記憶サスペンス、異常心理サスペンス、密室殺人劇とミステリ要素でくくったけれど、共通するのは少年の登場であり、その少年こそが白兎である。「この世にいてはいけない魂を還すのが、おれの役目」（本書269頁）と白兎が言うように、人の心を失い、現実の肉体をなくして、この世を彷徨《さまよ》い歩く者たちを還るべき場所へと導いていくのが使命で、そのためにミステリとして閉じることなく、ホラー・ファンタジーとして開いて終わる。

とはいえ、本書『白磁の薔薇』は密室劇としてなかなか面白い。誰がどのような意図で殺したのかを探っていくうちに、意外な人間関係と意外な動機が見えてくるし、最後には、さらなる驚きも用意されている（二転三転するのだ）。この辺のミステリ的要素の濃さは、今回の加筆訂正によるものであるが、作品として重要なものはそれではない。シリーズ四作にいえることだが、主要人物たちの家族関係はみな壊れていて、その壊れた瓦礫《がれき》の中から新たな生の価値を見出す。それを助けるのが、白兎だ。

この構図は、四本の作品のなかでは第二作『藤色の記憶』がいちばん明確だろう。前述したように白兎は主人公的な役割ではないし、ことさら生きる価値があることを述べるのでもないが、ここでは生きることを訴えるためのヒーロー像が確立されている。心変わりした恋人によって地中に埋められた優枝を、白兎は救出し、積極的に恋人への復讐を煽動《せんどう》する。生きることのきっかけを作ろうとするのだが、優枝はいくらいわれても復讐心はわかず、むしろ生きることに背を向けようとする。そんな彼女に、白兎は距離をおきつつも寄り添っていく。やがて弟の連絡もあり、優枝の記憶がよみがえり、家族のありようを通して、生の大切さに気づいていく。そのことに気づく場面の一つひとつが愛《いと》おしいが、なかでも優枝にかける母親の言葉が胸をうつ。

「生きな、あかんよ。(中略)人はどうせ死ぬんやから、だから、生きなあかんよ」(185頁)

「生きな、あかんよ。(中略)泣いて、笑って、生き抜いて死になさい」(215頁)

この小説が『地に埋もれて』として刊行されたとき、次のような作者の言葉が本の帯に付されていた。すなわち「人は何度も再生できる。自分の力で生き直すことができる。あなたへ――この思いが届きますように」と。

だが、第三作『藍の夜明け』や第四作『白磁の薔薇』を読むと、そのメッセージはもっと複雑になる。「生きることが希望だとは思わないけれど、死もまた救済にはならないことを」、白兎を通じて、「確かめたかった」と作者が後書きで述べているように、安易な人生讃歌《さんか》の形をとらない。多くの者が人生に傷つき、壊れた秘密の心をもち、罪をおかして悔いながら生きている。悲しみもまた人生であり、振り返りたくない過去と思いだしたくない記憶を封じ込めて生きていることを作者は知っているからである。

「死んでいく者の生涯を知ることだ。誰にでも生きてきた時間がある。それを知ることだ。わかるか。死の間際に語る言葉は、語る者の生命《いのち》の軌跡そのものだ。おまえは、それを聴いた。誰にでも、どんな境遇の者にでも生きてきた証《あかし》があると知ったのだ」（『藍の夜明け』191頁）という言葉が出てくるが、まさに「生命の軌跡」と「生きてきた証」こそが白兎が追い求めているものだし、これこそが白兎シリーズの大いなるテーマであり、読者にとって重要なものだろう。

白兎シリーズには、至るところに生と死をめぐる言葉がある。サスペンスの要素を強くそなえているけれど、繰り返すが、強く訴えるのは生と死の間であり、哀しいまでの人の営みが凝視されていて、人の心に残る。多彩で力強い物語作家であるあさのあつこの特別なシリーズとして注目に値するだろう。

本書は、二〇一二年九月に講談社より刊行された単行本『白兎4　天国という名の組曲《アルマンド》』を加筆修正し、改題のうえ文庫化したものです。